CAMA

Band 1

one more Kiss

Impressum:

Deutsche Erstausgabe Februar 2025

Alle Rechte am Werk liegen beim Autor

Copyright@ Jaliah J., Berlin

CAMA

Band 1

one more Kiss

Lektorat: Günter Bast

Coverdesign und Umschlaggestaltung: Florin Sayer-Gabor

- www.100covers4you.com

Unter Verwendung von Grafiken von Adobe Stock: Tamanna

Bookart Minchen

© 2025 Jaliah J.

Verlag: BoD · Books on Demand GmbH, Überseering 33,

22297 Hamburg, bod@bod.de

Druck: Libri Plureos GmbH, Friedensallee 273, 22763 Hamburg

ISBN 978-3-7693-5516-1

www.jaliahj.de

Instagram: jaliahj_official

CAMA

Band 1

one more Kiss

Jaliah J.

Hinweis

Dieses Buch enthält erotische Szenen und zählt zum Genre des Mafiaromans,

in dem kriminelle Machenschaften eine Rolle spielen.

Die Figuren, Ereignisse sowie die geografischen und politischen Gegebenheiten in diesem Roman sind frei erfunden.

Bitte beachte diese Inhalte, falls du empfindlich auf solche Themen reagierst.

Ich wünsche euch viel Spaß mit CAMA.

Kapitel 1

Die kleine Bar am Rande des Campus erstrahlt in goldenem Licht. Ich könnte mir keinen besseren Ort vorstellen, um meinen letzten Abend in Michigan zu verbringen.

Wir haben viele Nächte hier verbracht, viele Feiern gefeiert, einige schlechte Noten oder gebrochene Herzen begossen und genauso unsere Erfolge bejubelt. Die Wände sind übersät mit Gedanken und Sprüchen der Studenten. Vor ein paar Jahren wollten die Besitzer die Steinwände verspachteln und neu gestalten, und in dieser Zeit durften sich die Besucher der Bar an den Wänden verewigen. Es ist so einzigartig geworden, dass sie sich entschlossen haben, es so zu lassen. Genau das macht diese Bar aus.

Pony von Ginuwine dröhnt aus den Lautsprechern und erreicht mich mit voller Wucht. Maddy setzt mir ihren Cowboyhut auf. »Wir haben es geschafft, Baby, unsere Zeit des Lernens und Prüfens ist vorbei. Man sieht allen hier die Befreiung an. Auch wenn noch jüngere Studenten unter uns sind, die noch ein paar Jahre vor sich haben, so haben nun alle zumindest eine Weile Semesterferien. Die Luft ist schwer von der Wärme der Menge, die sich hier eingefunden hat, um das Semesterende zu feiern.

Unsere offizielle Abschlussfeier war letzte Woche, doch wir alle hatten noch ein paar Kurse, Feiern, Abschlussreden, und heute war der letzte ganz offizielle Tag. Ich werde nie wieder eine Schule oder Uni besuchen, ich bin jetzt 25 Jahre alt und habe einen der besten Abschlüsse meines Jahrgangs, worauf ich sehr stolz bin.

Meine Freundinnen, mit denen ich die letzten Jahre geteilt hatte, lachen laut, unsere Gläser klirren, und die Musik pulsiert durch den Raum. Dieser Abend ist perfekt.

Der Beat der Musik vibriert durch meinen Körper, und für einen Moment kann ich all meine Sorgen abschütteln. Den Gedanken an meinen Vater, seine angeschlagene Gesundheit, die finanziellen Probleme, die ihn seit Jahren begleiten. Ich werde zurück nach Puerto Rico gehen, um in seiner Nähe zu sein, aber hier und jetzt bin ich noch in Michigan. Noch für ein paar Stunden und diese werde ich voll auskosten.

Es ist schon früher Morgen, als ich mich gegen die Theke lehne und einen tiefen Schluck von meinem Drink nehme. Der süß-bittere Geschmack brennt leicht, doch genau das ist es, was ich in solch einer Nacht brauche. Etwas, das mich daran erinnert, dass dies ein endgültiger Abschied ist – bittersüß und unausweichlich. In wenigen Stunden sitze ich im Flugzeug, um die nächsten Jahre woanders zu leben, ich freue mich darauf und doch werde ich all das hier furchtbar vermissen.

»Für uns alle ist das hier ein Abschied ...« Ich sehe nach vorne zu der Karaoke-Bühne und muss lachen, als Maddy und Kayla zu mir grinsen. Sie haben sich das Mikrofon geschnappt und deuten auf mich. »Manche haben sogar beschlossen, ganz woanders weiterzumachen. Deswegen lasst uns ein letztes Mal zusammen feiern und singen. Solana, komm! Ein letztes Mal! Du kannst uns nicht verlassen, ohne uns noch einmal zu zeigen, wie man richtig feiert!« Die beiden winken mich zu sich und Matthew, mit dem ich zusammen mehrere Jahre Mathe gebüffelt habe, schiebt mich liebevoll zur Bühne. Das ist inzwischen wie ein kleines aber heiliges Ritual geworden. Wir lieben Karaoke. Maddy ist begeistert von meiner Stimme, einige sagen, ich könnte Sängerin werden, doch das war nie mein Ziel. Als ich jetzt genau wie die beiden das Mikrofon in die Hand nehme und wir lachend zusammen 'I Have Nothing' von Whitney Houston anstimmen, schnürt sich meine Kehle doch ein wenig mehr zu. Wie oft haben wir zusammen dieses Lied gesungen und nun ist es wirklich das letzte Mal. Wir alle drei geben alles und ganz am Ende singt die halbe Bar mit.

Während wir singen, streift mein Blick die Tür, und mein Herz setzt kurz aus, als ich ihn bemerke: Professor Brown. Er steht im Türrahmen, groß, mit seinem schiefen Lächeln, das mich immer aus dem Konzept gebracht hat. Die letzten Jahre haben wir ein Hin und Her aus eindeutigen Blicken und beiläufigen Bemerkungen aufgeführt, die wir beide aber nie zu weit getrieben haben.

Aber heute, in dieser letzten Nacht, sind die Grenzen das erste Mal verschwommen. Beim Refrain sieht er mir in die Augen, alle singen mit, und als ich das nächste Mal wieder zur Tür sehe, ist er verschwunden.

Danach schnappe ich mir meine Tasche, denn ich habe mit den Jahren gelernt, man soll gehen, wenn es am schönsten ist. Noch einmal umarme ich alle, es ist heutzutage nicht schwer, im Kontakt zu bleiben. Wir alle teilen unsere Leben auf Social Media, manche mehr, manche weniger, doch ich bin mir sicher, dass wir alle weiter Kontakt haben werden.

Als ich mit Maddy aus der Bar gehe, wird es schon langsam dämmrig, der Morgen bricht an. »Miss Varda, zum Glück treffe ich Sie noch, ich wollte Sie da drinnen nicht unterbrechen ...« Professor Brown wollte gerade in seinen Landrover steigen, wie meistens trägt er eine Sportshorts und ein Shirt unserer Footballmannschaft. Er gehört zum Trainerteam. Seit er sich verletzt hat und selbst nicht mehr spielen kann, gibt er neben dem Unterrichten alles für das Team.

»Das kann ja kein Zufall sein, genieß die letzten Stunden in Michigan und schreib mir, sobald du gelandet bist.« Maddy drückt meinen Arm und steigt in den Uber, den wir eigentlich

10

für uns beide gerufen hatten, sie zwinkert mir zu und ich weiß genau warum.

Professor Brown ist einer der jüngsten Professoren unserer Universität. Er ist gerade mal Mitte dreißig, doch ein Genie, was das Wirtschaftswachstum angeht, was ihm bereits so früh einen Job an der Uni eingebracht hat. Er ist nur dreimal die Woche dort und arbeitet auch noch an der Börse. Die meisten Studentinnen stehen auf ihn. Ich habe zwei Kurse bei ihm belegt und wir haben die ganzen letzten vier Jahre miteinander geflirtet.

Er ist ein hübscher Mann, mittlerweile geschieden, und auch wenn ich im Grunde alt genug war, haben wir die Finger davon gelassen, weil uns beiden klar ist, dass einen das die Karriere kosten kann. Trotzdem hat es kräftig zwischen uns geknistert und das bis zum letzten Tag. Ich hatte gehofft, ihn noch einmal zu sehen, aber er war einige Tage mit einem seiner jüngeren Kurse in New York, um dort die Wallstreet zu besuchen. Dass er jetzt hier ist, überrascht mich.

»Professor Brown, was für eine Überraschung, wann sind Sie zurückgekommen?« Er sieht auf seine Uhr. »Vor zwei Stunden, ich habe gehört, dass heute die Abschiedsfeier ist und dachte, vielleicht habe ich ja Glück und kann mich noch einmal selbst von einer meiner besten Studentinnen verabschieden.«

Er kommt auf mich zu, seine Hände in den Taschen seiner Shorts. »Solana«, er hebt seine Hand, seine Stimme sanft wie immer, »ich wollte dich nicht gehen lassen, ohne dir Glück zu wünschen.« Er bleibt vor mir stehen und lächelt. Seine Mutter stammt aus Jamaika, sein Vater aus Taiwan, es ist diese Mischung, die jeder Studentin den Kopf verdreht hat, auch ich kann mich da nicht ausnehmen.

»Professor Brown«, erwiderte ich. »Malcom«, korrigierte er mich mit einem kleinen Lächeln. »Heute Abend bin ich einfach Malcom.« Ich nicke und spüre wieder das Knistern. »Jetzt haben Sie Ihren Uber verpasst, soll ich Sie mit zurücknehmen oder wollen wir noch einmal in die Bar …?« Er sieht mir in die Augen und ich lächle. Das hat mir immer gefallen, er ist so selbstsicher in allem, was er tut, doch wenn er mit mir spricht, wirkt er regelrecht schüchtern.

»Nein, ich habe genug, ich muss meine Koffer holen, es wäre nett, wenn Sie mich mitnehmen könnten.« Er sieht mich liebevoll tadelnd an, geht mit mir zu seinem Wagen und hält mir die Beifahrertür auf. Da sein Wagen so hoch ist und ich nur ein enges schwarzes Kleid und meine schwarzen Pumps trage, hilft er mir hoch. »Seit etwas mehr als vier Stunden bin ich nicht mehr dein Professor. Wir können das Sie fallen lassen.« Er lächelt und sieht mir einen Moment in die Augen. Der Moment, auf den wir offensichtlich beide gewartet haben.

Malcom schließt die Tür und setzt sich auf den Fahrersitz, er fährt los und sieht einen Moment zu mir. »Ich hatte wirklich gehofft, du überdenkst deine Entscheidung, nach Puerto Rico zu gehen, noch einmal. Die Angebote, die du hier bekommen hast, waren auch alle sehr gut, ich hatte wirklich die Hoffnung, dich hier behalten zu können.« Ich muss lächeln und inhaliere seinen anziehenden Duft nach sehr markantem Aftershave.

12

»Das stimmt, die Angebote waren gut, aber Sie haben meinen Vater ja letzte Woche auf der Abschlussfeier kennengelernt. Er lebt in Puerto Rico und ich habe das Gefühl, dass ihm in letzter Zeit einiges aus den Händen gleitet. Ich war, seitdem ich dort weg bin, nie länger als über die Ferien dort. Ich möchte auch diesen Teil von mir besser kennenlernen. Außerdem sind es die ersten Berufserfahrungsjahre. Jeder weiß, wie gut es da ist, sich die Erfahrungen in anderen Ländern und Metropolen zu holen, danach kann ich immer noch zurückkommen und hier arbeiten. Ich habe die Chance, ein gesamtes Projekt von Beginn an mitzugestalten, das hätte ich hier nicht so schnell, das wissen wir beide.«

Professor Brown lächelt und sieht zu mir. »Ich habe nicht gesagt, dass ich deine Entscheidung nicht verstehe, ich begrüße sie nur nicht ...« Er greift zu mir herüber, zwischen meine Beine, und einen Moment kribbelt es in meinem Magen, doch er öffnet nur das Schubfach auf meiner Seite und zieht ein in Leder gebundenes Notizbuch aus dem Schubfach. Sehr edel und mit dem Wappen unserer Universität verziert. Malcom reicht es mir. »Ich dachte, eine angehende Architektin wie du könnte es gebrauchen. Für all die großartigen Entwürfe, die du machen wirst.«

Ich nehme es an mich und streiche mit den Fingern über den Einband. »Danke. Das bedeutet mir viel. Mir wird das alles hier sehr fehlen.« Malcom nickt und deutet auf die Straße. »Bevor ich dich absetze, will ich dir etwas zeigen«, erklärt er und fährt in Richtung der Landstraße, die sich am Ufer des Sees entlangzieht. Wir halten auf einer abgelegenen Aussichtsplattform, von der aus man den Michigansee in seiner ganzen

Weite überblicken kann. Die Sterne spiegeln sich im dunklen Wasser, und ich spüre, wie die Melancholie des Abschieds mich überrollt.

Mir wird das alles fehlen.

»Ich werde das vermissen«, murmle ich leise, ich steige aus und auch er kommt zu mir, wir lehnen uns an die Motorhaube seines Autos, meine Augen auf die endlose Dunkelheit des Sees gerichtet. »Und Michigan wird dich vermissen«, erwiderte Malcom leise.

Mein Blick gleitet zu ihm und für einen Moment ist alles vergessen. Es gibt kein Morgen, kein Puerto Rico, keine Verpflichtungen. Es gibt nur diesen Augenblick. Malcom beugt sich zu mir und küsst mich.

Es ist ein süßer Kuss, vielleicht war es nicht anders gedacht, doch die Spannung zwischen uns besteht schon zu lange.

Der Kuss ändert sich genauso schnell, wie er gekommen ist. Malcom drängt mich mit seinem Körper an die Motorhaube, ich stöhne auf, als seine Hände meine Kurven entlangfahren, und meine Arme umfassen ihn. Er ist unglaublich gut gebaut, ich gleite mit meinen Händen in seine seidigen Haare.

»Ich wollte das schon so lange.« Professor Brown lässt von meinen Lippen ab, seine Lippen und seine Zunge fahren meine Hals entlang, zu meinem Schulterblatt, seine Hände streichen meine Oberschenkel entlang. Und als er mein schwarzes Kleid nach oben schiebt, dränge ich mich ihm entgegen, auch ich habe das immer gewollt.

Wir verschwenden keine weiteren Worte. Wir haben zu lange darauf gewartet. Ungeduldig zieht er mir das Kleid über den Kopf, sodass ich nur noch in schwarzer Spitzenunterwäsche und Pumps vor ihm stehe. Er beißt sich auf die Lippen.

»Mein Job ist es, sich alles genau vorstellen zu können, aber bei dir hat meine Fantasie nicht gereicht, du bist mehr als sich ein Mann wünschen kann, lass mich dich endlich schmecken.«

Ich halte einen Moment ein, als er auf die Knie geht. Das ist doch … verflucht, mein Kopf gleitet nach hinten und ich stöhne laut auf, als sich mein Professor vor mich kniet, ein Bein über seine Schulter legt und seinen Kopf in meiner Mitte vergräbt. Das ist zu gut, besser als ich es mir je hätte erträumen lassen.

Ich greife nach seinen Haaren und drücke ihn tiefer, kurz bevor ich nicht mehr an mich halten kann, kommt er hoch und hebt mich hoch. Ich befreie ihn von seiner Shorts, und all unsere Kommentare hinter vorgehaltener Hand über seine Männlichkeit, die man immer mal wieder durch die Hose erahnen konnte und immer wieder von den Studentinnen beschwärmt wurde, wird dem nicht gerecht. Einen Moment weiß ich nicht, ob er nicht zu groß ist, doch dann zieht er ein Kondom über und umfasst meinen Po. Er dringt in mich ein und wir beide stöhnen laut auf.

»So oft hast du vor mir gesessen und ich habe davon geträumt, immer wieder in dich zu stoßen wie jetzt, spürst du das? Und das?« Er stößt immer wieder zu und ich halte mich an ihm fest, denke an seine Worte, all das, was sich zwischen uns aufgebaut hatte. Ich brauche nicht lange und ich fliege viel höher hinaus, als ich es gewohnt bin und kurz nach mir lässt auch Professor Brown los und verliert das erste Mal vor meinen Augen die Kontrolle.

Wir beide atmen schwerer, als ich über seinen Rücken hinweg zum Michigansee sehe und die Sonne gerade aufgeht.

Was für ein Abschied.

Ich merke, wie sehr Professor Brown diesen Moment noch hinauszögern möchte. Seine Lippen gleiten immer wieder meinen Körper entlang, doch es geht nicht. Ich ziehe mich wieder an und wir fahren zum Campus zurück. Seine Hand liegt auf meinem Oberschenkel und ich lächle zufrieden, als die vertraute Landschaft noch einmal an mir vorbeizieht. Es war ein Abschied ohne Versprechen, aber voller Leidenschaft. Besser hätte diese Nacht nicht enden können.

Als wir wieder auf dem Campus angekommen sind, hilft Malcom mir, die Koffer aus meinem Wohnheimzimmer in das wartende Taxi zu laden. Er umarmt mich einen Moment und küsst meine Wange. »Du wirst großartig sein, Solana, in allen Bereichen. Du wirst wie hier alle Menschen beeindrucken, mit denen du zu tun hast und genauso wirst du nun die Herzen der Männer in Puerto Rico brechen.« Er lächelt, auch wenn ich sehe, dass er seine Worte ernst meint.

»Danke, Malcom.« Ich überlege, was ich ihm noch sagen kann, ein Versprechen auf ein Wiedersehen? Doch das kann ich nicht und deshalb lächle ich nur und steige dann ins Taxi. Ich lasse das Fenster herunterfahren und bitte den Fahrer loszufahren. Die kühle Frische von Michigan brennt sich ein letztes Mal in mein Gedächtnis.

16

Mit einem letzten Blick auf den Campus, der so viele Erinnerungen in sich trägt, sehe ich dem entgegen, was auf mich in Puerto Rico wartet. Mein neues Leben, was gleichzeitig ein wichtiger Teil meiner Vergangenheit ist. Ich lächle und sehe ein letztes Mal nach draußen, bevor ich das Fenster wieder hochfahren lasse – ein Teil meines Herzens wird immer an diesen Ufern des Michigansees zurückbleiben.

Kapitel 2

Da ich die Nacht nicht schlafen konnte, habe ich die knapp fünf Stunden Flug komplett verschlafen.

Kurz vor der Landung gehe ich noch einmal auf die Bordtoilette und mache mich frisch. Ich sehe mich selbst im Spiegel an und muss an die Beschreibung von Maddy denken, die sie sich für das Abschlussbuch ausgedacht hat. Wir haben etwas Besonderes kreiert: Die besten Freunde entwerfen eine Beschreibung, die man liest, ohne Bild oder Namen, sodass jeder, der das Buch liest, erst einmal raten kann, um wen es sich handelt, auf der nächsten Seite findet er dann das Bild und die Auflösung. Ich hatte mir bei Maddy schon viel Mühe gegeben, doch ihre Beschreibung habe ich so oft gelesen, dass ich sie fast auswendig kann, einfach weil es so interessant ist, wie mich andere Menschen sehen.

Sie hat von meiner sonnengeküssten Hautfarbe geschrieben, von wunderschön geformten Augen mit langen Wimpern und einem hellbraunen Glanz, der eine besondere Tiefe und Emotion ausstrahlt. Sie hat beschrieben, wie ich meine lockige Mähne mit Stolz trage und mit welcher Anmut ich meine sexy Kurven einsetze. Ich muss lächeln und denke an die Worte, die mich am meisten berührt haben. Als sie von meiner Lebensfreude berichtet hat, von meinem schönen und warmen Lächeln, das ansteckend ist, meiner Stärke und dem Selbstbewusstsein, was mein Äußeres nur unterstreicht.

Mir bedeuten diese Worte alles. Ich selbst nehme mich eher unsicherer und zweifelnder wahr. Ich weiß, dass ich Männern den Kopf verdrehen kann, doch ich habe dem nie eine große Bedeutung geschenkt. Jetzt in diesem Moment aber stelle ich fest, wie sehr ich mich verändert habe, seit damals, als ich mit sieben Jahren in das Flugzeug gestiegen bin und das Land verlassen habe, in das ich nun zurückkehre.

Ich war damals so unsicher und unglücklich. Ich wusste, dass meine Mutter nur das Beste für mich wollte und doch wollte ich das alles nicht, nicht meinen Vater zurücklassen, meine Freunde, nichts von alledem. Ich konnte nur ein paar Brocken auf Englisch und doch stehe ich jetzt hier, habe einen der besten Abschlüsse unseres Jahrgangs und kann dankbar sein für alles, was meine Mutter damals getan hat, auch wenn es viele Opfer gekostet hat.

»Miss, wir landen, Sie müssen sich setzen.« Ich werde aus meinen Gedanken gerissen, als jemand an die Tür klopft und beeile mich, um an meinen Platz zurückzukommen. Aufgeregt sehe ich aus dem Fenster.

Man erkennt immer mehr Landschaft, grün und satt, Strände mit türkisfarbenem Wasser und dann San Juan, eine Stadt, die aus einem alten Stadtkern besteht, mit bunten Häusern, aber die auch durch ihre neuen Gebäude und spektakuläre Architektur besticht. Ich muss mir in den nächsten Tagen unbedingt ansehen, was sich alles getan hat, meine Erinnerungen sind die eines Kindes. Auch wenn ich die Ferien oft hier verbracht habe, war ich meistens in der kleinen Stadt, aus der wir kommen.

Wir leben ungefähr dreißig Minuten mit dem Auto aus San Juan hinaus in einer kleinen Stadt, die eigentlich aus vielen Bauernhöfen besteht. Es gab eine kleine Grundschule. Die Highschool war eine Stadt weiter, zu der alle Kinder der umliegenden Dörfer gegangen sind. Man findet in unserer Stadt zwei, drei Geschäfte, einen Sportplatz und zwei Restaurants, das wars, zu allem anderen musste man mit dem Bus oder mit dem Auto nach San Juan fahren.

Mein Vater fährt zweimal die Woche nach San Juan, um an der alten Kathedrale auf dem Wochenmarkt zu stehen. Er verkauft dort die Eier unserer Hühner, Milch, unser Gemüse und Obst und auch die Wildblumen, die wie Unkraut hinter unserem Haus wachsen. Ich habe es geliebt, mit einer Decke inmitten dieser traumhaften Blumen zu liegen und mit meinen Freundinnen zu picknicken, zu lesen oder einfach so die Zeit zu verbringen. Ich habe fast nur gute Erinnerungen an meine Kindheit. Ich habe das Leben auf unserem Bauernhof geliebt, der nächste Bauernhof liegt direkt hinter unseren großen Feldern und gehörte den Eltern meiner besten Freundin Marisol. Auch wenn ich mit Maddy und allen anderen gut befreundet bin, wird niemals jemand ihre Stelle einnehmen.

Marisol. Die ungewöhnliche Schönheit mit den roten Haaren, den dunklen Augen und den Sommersprossen, die sie von ihrer dänischen Mutter geerbt hat, ist seit meiner Geburt immer an meiner Seite gewesen. Ihre Mutter war im Urlaub hier und hat sich in ihren Vater verliebt, sie ist zu ihm aufs Land gezogen und hat mit ihm zwei Töchter bekommen. Marisol und Adela. Adela ist einige Jahre älter als wir und hat immer etwas zu streng über uns gewacht. Marisol und ich sind im gleichen Alter, wir haben sogar im selben Monat Geburtstag und waren von Tag eins an unzertrennlich, bis meine Mutter mich mit nach Michigan genommen hat. Doch selbst das hat uns nicht auseinanderreißen lassen. Wir sind sicherlich die einzigen Menschen auf dieser Welt, die sich bis heute einmal im Monat Briefe schreiben. Ich weiß alles über sie und sie auch über mich, obwohl wir uns nur zwei- oder dreimal im Jahr sehen.

Vor zwei Jahren ist erst ihr Vater und dann ihre Mutter im Verlauf einer schlimmen Krankheitswelle gestorben, die fast die gesamte Welt heimgesucht hat. Sie beide hatten Vorerkrankungen und haben es nicht geschafft. Marisol hat ihr Studium zur Ärztin abgebrochen, um sich erst einmal mit Adela um den Hof zu kümmern und bis heute machen sie das noch. Deswegen war sie die letzten zwei Jahre auch nicht in Michigan, davor hat sie im Sommer sogar immer eine Woche bei mir verbracht.

Deshalb ist es auch gar nicht so abwegig, dass ich zurückkomme. Ich wollte das immer, doch meine Mutter hat das nicht zugelassen. Sie hat sich damals von meinem Vater getrennt, obwohl sich beide geliebt haben. Sie wollte ein anderes Leben für mich, sie wollte, dass ich vom Land wegkomme und etwas Großes werde. Ich habe die vielen Streitereien meiner Eltern deswegen mitbekommen und irgendwann sind wir einfach gegangen. Mein Vater wollte Puerto Rico nie verlassen und das hat er auch nicht.

Er hat ihr das nie verziehen.

Zwei Jahre habe ich ihn gar nicht gesehen, doch dann hat er begonnen zu verstehen. Meine Mutter hat sich Arbeit gesucht, die uns über die Runden gebracht hat. Sie konnte mich somit auf gute Schulen schicken und nach zwei Jahren war ich bereits eine der Klassenbesten und hatte mich voll und ganz eingelebt. Dann ist mein Vater zu uns gekommen, an Feiertagen, an Geburtstagen, an wichtigen Terminen. Meine Mutter hat Puerto Rico nie wieder betreten, sie hat mich immer in den Ferien zu ihm geschickt. Deswegen kenne ich Puerto Rico eigentlich fast nur aus meinen Ferien, doch ich habe es immer geliebt, hier zu sein.

Ich weiß nicht, ob meine Mutter ihre Entscheidung jemals bereut hat. Vor vier Jahren ist sie auf dem Rückweg von der Arbeit bei einem Motorradunfall gestorben. Sie ist manchmal mit ihrer Freundin mitgefahren, so wie an diesem Abend, doch es hatte geregnet und die Fahrbahn war rutschig ...

Diese Zeit war sehr hart, ich war gerade frisch am College und mein Vater war eine Weile bei mir in Michigan, aber er musste zurück und ich habe einfach weitergemacht, das getan, was meine Mutter sich für mich erhofft hatte und so versucht, alldem wenigstens einen Sinn zu geben. Doch jetzt ist der Zeitpunkt, zurückzukehren und diesen Teil meines Lebens wieder neu zu entdecken.

Aufgeregt springe ich auf, als das Flugzeug gelandet ist. Keiner weiß, dass ich heute komme.

Meine neue Stelle beginnt in zwei Wochen, dann kann ich auch die Wohnung beziehen, die ich von meiner neuen Arbeitsstelle zur Verfügung gestellt bekommen habe. Mein Plan ist es aber, früher hier zu sein und Puerto Rico neu zu erkunden.

San Juan.

Sobald ich aus dem Flugzeug steige, schließe ich einen Moment die Augen. Eine warme, salzige Brise begrüßt mich wie eine alte Freundin. Die Sonne brennt am strahlend blauen Himmel, und die Luft erfüllt mich mit einer aufgeregten Energie, die ich seit meiner Jugend nicht mehr gespürt habe.

Wir werden in ein Terminal gefahren. Die Menschen strömen an mir vorbei, Gepäck rollt über den Boden, und aus der Ferne höre ich das rhythmische Hupen der Taxis. Da ich drei vollgepackte Koffer habe, die alles sind, was mir nach einer großen Ausmist-Aktion noch geblieben sind, muss ich mir einen Gepäckwagen nehmen und gehe so zur Passkontrolle. Der ältere Mann dahinter sieht sich alles an und lächelt dann. »Willkommen zu Hause, Guapita.« Ich lächle zurück und bedanke mich auf spanisch, ich kann es sehr gut sprechen, muss mich aber daran gewöhnen, es jetzt nur noch zu tun.

Vor dem Flughafen steht eine Frau mit den leckeren gebratenen Teigfladen, die in Zucker gewälzt wurden, wie sie auch meine Mutter immer gemacht hat. Ich habe sie ewig nicht mehr gegessen und hole mir eine Tüte, bevor ich meinen Arm hebe und ein Taxi heranwinke. Ein alter, klappriger Wagen hält mit einem quietschenden Ruck vor mir an. Der Fahrer, ein freundlicher älterer Mann mit einem Strohhut, grinst mich an.

»Wohin, Señorita?«, fragt er, während er meine Koffer in den Kofferraum wuchtet. »Aufs Land, ins Landesinnere, kurz vor Naranjito«, antworte ich und helfe ihm. Der Fahrer nickt wissend und hält mir die hintere Tür auf. »Ah aufs Land. Schön dort. Ruhig.«

Die Fahrt führt leider viel zu schnell aus der geschäftigen Stadt heraus, ich kann kaum etwas davon sehen, da sind wir auf der Schnellstraße und fahren eine Weile, bis wir außerhalb von San Juan auf die Landstraße fahren. Der Fahrer erzählt mir in der Zeit, dass auch er vom Land kommt und nun aber in San Juan sein Geld verdient. Wir fahren vorbei an bunten Häusern, grünen Hügeln und Zuckerrohrfeldern, die in der Mittagssonne glänzen.

Mein Blick schweift über das Land, was mir so vertraut ist und sich doch irgendwie fremd anfühlt. Ich sauge jedes Detail in mich auf – die Palmen, die sich immer wieder am Wegrand finden, die Hähne, die am Straßenrand nach Futter picken und die kleinen Imbissstände, die den Duft von frittierten Pastelitos und frischen Mangos verströmen. Es ist, als wäre ich nie weg gewesen und doch fühlt sich alles neu an.

Nach einer halben Stunde Fahrt führe ich den Mann zu unserem kaum ausgeschilderten Dorf, ab hier bin ich zu Hause und ich stelle erleichtert fest, dass sich nichts, aber auch gar nichts, geändert hat. Selbst die Sitzbank am Eingang des Dorfes ist noch in denselben bunten Farben gestrichen. Wir biegen auf die schmale, holprige Straße ein, die von dichten Bäumen und Farnen gesäumt ist. Schließlich hält das Taxi vor unserem vertrauten Tor. Der Bauernhof liegt dahinter, eingebettet in üppiges Grün. Mein Herz schlägt schneller, als ich aussteige und das alte Holztor aufschiebe. Der Taxifahrer hilft mir, meine drei Koffer auf das Grundstück zu rollen und zwinkert mir noch einmal zu, nachdem ich ihm sein Geld gegeben habe. »Willkommen daheim.«

Der Geruch von Erde, Gras und Tierställen weht mir entgegen. Vor dem kleinen, pastellfarbenen Haus sitzt mein Vater auf einer Schaukelbank, seinen Strohhut tief ins Gesicht gezogen. Meine Mutter hat das Haus damals so angestrichen, weil sie Abwechslung wollte und es sieht noch genauso aus wie damals, als wären wir nie weg gewesen.

Mein Vater sieht von seiner Arbeit mit dem Messer hoch und springt auf, als er mich bemerkt. Seine Augen leuchten vor Freude. »Solana!«, ruft er und breitet die Arme aus. »Solana, mein Engel, was tust du hier?« Ich lasse mich von ihm an sich drücken und muss lachen, als er mich wie fast immer beinahe erdrückt. Ich fühle die rauen, von seiner Arbeit gezeichneten Hände und die Wärme seiner Liebe.

»Ich dachte, ich komme früher und entdecke mein Zuhause wieder. Hier hat sich in den letzten Jahren gar nichts verändert, Papa, es ist, als wäre ich nie weg gewesen.« Er lächelt und ich sehe die Tränen in seinen Augen. Als ich auf die Uni gekommen bin, hatte ich keine Zeit mehr, in den Ferien herzukommen. Er kam mich immer besuchen, doch ich war schon Jahre nicht mehr hier.

»Das war immer der Sinn der Sache. Gott, Marisol wird ausflippen, warte, komm, lass uns deine Koffer reinbringen. Marisol ist vor einigen Minuten zum Laden gelaufen, sie wird sicher bald vorbeikommen, sie wollte mir Tabak mitbringen.«

Marisol hat sich immer um meinen Vater gekümmert. Das werde ich ihr nie vergessen. Auch im Haus hat sich nicht viel getan, es ist noch die gleiche Küche, dieselben Möbel, mein Vater musste irgendwann den Herd und den Kühlschrank austauschen, doch sonst ist alles gleich.

Er stellt die Koffer in den kleinen Raum, der mal mein Zimmer war. Hier steht ein Bett, ein Schrank, mein Schreibtisch und ein Regal mit Puppen und Spielen, als wäre ich nie fort gewesen. Ich muss lachen, aber gut, ich werde die nächsten Tage in diesem rosa Mädchentraum schlafen.

»Dominico, dein Tabak.«

Mein Vater deutet mir, mich zu verstecken, als Marisols Stimme zu uns dringt. Ich ziehe schnell den Brief aus meiner Tasche und platziere ihn. Sie kommt ins Haus und sieht den

Brief, den ich noch für sie geschrieben, aber nicht abgeschickt hatte, da ich sie ja nun selbst sehe. Ich umarme sie von hinten. »Die Post ist da!«

Marisol kreischt auf, sie umarmt mich so heftig, dass wir beide zu Boden fallen und lachen. Mein Vater schüttelt den Kopf und lächelt. »Endlich ist wieder Leben im Haus, ich bereite den Grill vor, es wird Zeit, dass Solana mal wieder richtig gutes, gesundes Essen bekommt.«

Zusammen mit Marisol sehe ich mir den Hof an.

Es hat sich kaum etwas verändert, wir haben mehr Kühe und Hühner, die Gemüsebeete blühen, die Blumenwiese ist noch beeindruckender als in meinen Erinnerungen.

Mein Vater hat das hier schon immer getan und liebt diese Arbeit und das sieht man.

Nach und nach spricht sich herum, dass ich zurück bin, das tut es hier immer. Andere Nachbarn kommen vorbei, Freunde meines Vaters, Frauen, die mich noch von früher kennen, Adela kommt auch und jeder bringt etwas mit. Am frühen Abend, als es langsam zu dämmern beginnt, sitzen wir gemeinsam am Feuer, auf dem Grill brutzelt Fleisch und Fisch, die Katzen vom Hof schmiegen sich an unsere Beine und der Tisch neben dem Grill ist gefüllt mit all den Leckereien, die hier aus der Gegend stammen.

Ich erzähle, was alles so passiert ist und was ich jetzt vorhabe und lasse mir erzählen, was es hier Neues gibt, auch wenn ich das meiste von meinem Vater und Marisol schon weiß.

Je später der Abend, desto gemütlicher wird es.

28

Die Flammen werfen tanzende Schatten auf unsere Gesichter, während wir lachen, trinken und Anekdoten aus alten Zeiten austauschen. Die Wärme des Feuers und die vertrauten Stimmen meiner Liebsten umhüllt mich wie eine Decke. Die Nacht ist erfüllt vom Klang des Lebens, dem Knistern des Feuers, dem Summen der Insekten und dem gelegentlichen Wiehern eines Pferdes in der Ferne.

Ich atme ein und spüre eine tiefe, unerschütterliche Ruhe in mir aufsteigen.

Ich bin wieder zu Hause.

Kapitel 3

Die Wärme der Nachmittagssonne auf meiner Haut ist viel angenehmer als noch vor wenigen Stunden. Ich war heute Morgen mit meinem Vater auf dem Markt, bis es mittags wurde. Er hat fast alles verkauft und wollte noch zu einem alten Freund gehen. Ich bin mit den letzten Körben Gemüse nach Hause gefahren, um mich weiter um die Papiere zu kümmern.

Nun bin ich seit drei Tagen zurück.

Am Anfang habe ich es einfach nur genossen, wieder hier zu sein, ich war den ganzen Tag mit meinem Vater auf den Feldern unterwegs, habe das Haus in Ordnung gebracht und mich um seine Finanzen gekümmert. Mein Vater hat eine Kiste, in der er alle Briefe und Zettel aufbewahrt, dort sammelt er alles und am Ende des Jahres leert er die Kiste und beginnt von vorne. Das bringt ihn natürlich nicht weit.

Die letzten zwei Tage auf dem Land hatten etwas Beruhigendes, fast Heilsames an sich. Ich wusste nicht, wie sehr ich Puerto Rico vermisst habe, erst seit ich zurück bin, ist mir das wirklich klar geworden. Dieser Geruch, die Leute, das Essen, ich fühle mich sehr wohl. In einigen Tagen werde ich in die Stadt ziehen, aber in dreißig Minuten bin ich wieder hier und ich werde garantiert oft hier sein.

Marisol und ich waren gestern in der Stadt unterwegs. Stadt ist relativ, eigentlich ist es eher ein Dorf, doch es war schön, sich mal wieder alles anzusehen. Wir sind sogar durch unsere alte Schule gegangen und haben in der Vitrine alte Klassenbilder von uns entdeckt.

Ich genieße die Zeit hier, doch ein paar Dinge machen mir wirklich Sorgen. Ich verstehe einiges nicht und wenn ich meinen Vater frage, winkt er nur ab und sagt mir, es gehe ihm gut und ich soll mir keine Gedanken machen, also gehe ich jetzt rüber, um mir meine Antworten bei Marisol zu holen, sie wird vielleicht etwas mehr wissen.

Die Geräusche des Hofes, das Krähen der Hähne und das Brummen der Traktoren auf den Nachbarfeldern erinnern mich an meine Kindheit. Ich fülle die Trinkbehälter der Tiere und lasse sie wieder auf die Wiesen und Felder, so können sie die Nachmittagssonne bis abends genießen, in der Mittagssonne bleiben sie in den kühlen Ställen.

Gestern Abend haben Marisol und ich noch bis spät in die Nacht zusammengesessen und die vielen Wildblumen zu schönen Sträußen gebunden. Wir beide haben die schönsten behalten, unserer ziert nun unseren Küchentisch, doch alle anderen haben wir auf dem Markt verkauft. Sie wurden uns regelrecht aus den Händen gerissen. Mein Vater hat das wohl in den letzten Monaten nicht mehr geschafft, er will sich aber wieder die Zeit dafür nehmen, da wir ihn erinnert haben, wie gut das läuft.

Deswegen war ich bisher noch gar nicht bei Marisol auf dem Hof, ich kenne den Weg natürlich trotzdem in- und auswendig und doch bin ich überrascht, als ich dann an ihrem Hof ankomme.

Seit dem Tod ihrer Eltern kümmern sie sich hier um alles. Auch sie gehen auf den Markt, allerdings nur einmal die Woche, sie haben mehr Kornfelder, das Korn nehmen ihnen größere Unternehmen ab. Adela hatte schon immer ein ganz besonders großes Herz für Tiere. Marisol hat mir erzählt, dass sie immer wieder Straßenhunde aufsammeln, auch Nachbarn bringen ihnen welche, wenn sie welche in den Feldern finden. Sie päppeln sie auf und vermitteln sie über soziale Plattformen, hier in Puerto Rico oder ins Ausland, wo sie ein besseres Leben haben können als hier auf der Straße.

Als ich jetzt den Hof betrete, laufen um die zehn Hunde herum, die meisten sind ausgewachsen, einige haben schwere Verletzungen, die man ihnen noch ansieht, doch sie alle sind freundlich und freuen sich, als ich ihren Hof betrete.

Sie sind zuckersüß, ich beuge mich zu ihnen und streichle sie, dabei rufe ich nach Marisol, die nur wenige Minuten später mit einem Handtuch in der Hand aus dem Haus kommt. »Sie scheinen dich zu lieben.« Ich streichle das weiche Fell, ein kleiner Welpe legt sich vor mir auf den Boden, damit ich seinen Bauch kraulen kann. Er hat beigefarbenes Fell, nur die Schnauze ist schwarz, der Bauch und die Ohren zuckersüß, und auf der Schnauze hat er einen weißen Fleck.

»Das ist Snow«, erklärt Marisol, als der kleine Hund sich sofort an meine Fersen heftet, sobald ich zu Marisol gehe, die mich in die Küche winkt.

Sie stellt uns Limonade hin, Adela kommt kurz von draußen, gibt mir einen Kuss und sagt, dass sie noch mehr kaufen geht. Sie ruft nach Snow, doch der bleibt lieber an meinen Füßen liegen.

»Wir haben ihn vor zwei Wochen in dem Feld am Stadtrand gefunden, er war in einer Box. Er ist ein belgischer Schäferhund, die kann man sehr teuer verkaufen. Ich schätze wegen des weißen Fleckes auf der Nase war er nicht gut genug und wurde aussortiert.« Ich kraule seine Ohren. »Du bist perfekt, lass dir nichts einreden. Wieso hat mein Vater noch keinen Hund? Er ist viel zu einsam. Es würde ihm guttun, jemanden an seiner Seite zu haben.« Marisol greift nach einem Stapel Karotten und schält sie, ich greife auch nach einem Messer und helfe ihr. »Das habe ich ihm schon länger gesagt, aber du kennst ihn doch, er behauptet, er braucht niemanden.«

Ja, das kenne ich nur zu gut.

»Genau deswegen bin ich hier. Ich habe die letzten Monate und auch schon länger mitbekommen, dass mein Vater Geldprobleme hat. Er scheint genug Geld zum Leben zu haben, aber nicht mehr. Er hat schon gefühlt ewig keine neue Kleidung, die Möbel, die alten Geräte … er spart, wo er kann und jetzt, wo ich sehe, was er einnimmt, was er von den Händlern für die Ware bekommt, er müsste viel mehr übrig haben. Was macht er mit seinem Geld? Geht er öfter zum Arzt und sagt mir das nicht, damit ich mir keine Sorgen machen muss? Was ist los? Weißt du mehr?«

Marisol zuckt die Schultern. »Er geht nur zum Arzt, wenn es sein muss, letztens hatte er einen starken Ausschlag, doch hat sich geweigert, zum Arzt zu gehen, weil es zu teuer ist. Ich habe ihm Kamille-Umschläge gemacht und es ist wieder weggegangen, aber daran wird das nicht liegen. Hast du das Geld für die Vélez abgezogen?«

Er sollte doch zum Arzt gehen können, wenn er muss. »Was sind die Vélez?« Marisol hebt die Augenbrauen, schnippelt aber weiter. »Hat dir dein Vater nichts davon erzählt? Du warst weit weg, aber doch nicht auf dem Mond. Sag nicht, du hast noch niemals etwas von dem Vélez Cartel gehört? Von den berühmt berüchtigten Vélez-Brüdern?«

Irgendwo habe ich das tatsächlich schon einmal gehört, aber ich weiß nicht mehr wo.

»Nein, was ist mit ihnen?«

Marisol legt die Möhren in einen Topf.

»Sie sind … ein Cartel, so etwas wie die Mafia, wobei ich denke, das ist nicht ganz das Gleiche. Seit einigen Jahren sind sie an der Macht, schon immer ein wenig, doch seit die beiden Brüder Cama und Cairo die Führung übernommen haben, sind sie immer mächtiger geworden. Sie beherrschen ganz Puerto Rico, fast alle großen Geschäfte gehen über sie, ich glaube, sie handeln mit Sicherheit und Waffen, aber genau weiß ich das nicht. Sie treiben auch von den Bauern das Geld ein, so wie hier. Einmal im Monat, meistens am letzten Wochenende, kommen sie und holen sich ihren Teil. Dafür dürfen wir weiter anbauen.«

Ich kann nicht fassen, was ich höre. »Ihr gebt euer Geld irgendwelchen Kriminellen? Wozu? Unsere Familien haben doch schon immer angebaut, ohne irgendwelchen Gaunern dafür etwas zu bezahlen. Ihr müsst euch dagegen wehren, geht zur Polizei, ich habe immer von solchen Dingen gehört, doch ich kann nicht fassen, dass man sich heutzutage noch solchen Gaunern unterwirft. Das … Marisol, geht zur Polizei, ihr alle zahlt? Seit Jahren? Wie viel?«

Für Marisol scheint das tatsächlich ganz normal zu sein, sie stellt die Karotten auf den Herd und holt Kartoffeln hervor.

»Solana, das funktioniert hier anders, es ist ganz normal, dass man Geld abgibt, dadurch hat man seine Ruhe. Keiner will Ärger und schon gar nicht mit denen. Zahl dein Geld, du hast Ruhe und fertig. Ich denke, jeder Hof zahlt etwas anderes, wir zahlen 100 Dollar im Monat, dein Vater wahrscheinlich ähnlich. Wir durften einige Monate aussetzen nach dem Tod unserer Eltern, jetzt langsam müssen wir auch wieder und auch uns fehlt das Geld, aber lieber das als Probleme. Isst du mit?«

Ich kann das nicht fassen. »Das ist doch … Wahnsinn! Warum wehrt sich niemand? Nein danke, ich gehe gleich rüber, das … ich werde das so nicht zulassen. Ich denke, sie tun das nur, weil sich ihnen niemand in den Weg gestellt hat. Wo kann man diese Brüder treffen? Ich werde mit ihnen sprechen und ihnen ein faires Angebot machen. Ich kann nicht fassen, dass keiner von euch etwas tut.« Marisol lacht auf. »Es ist nicht so einfach. Wenn du nicht zahlst, verlierst du alles — oder schlimmer. Die Leute haben Angst, Solana. Und man trifft diese Männer nicht einfach. Entweder gehst du ins Onel, der Club am Hafen von San Juan. Man sagt, dass sie dort öfter sind, oder aber du wartest, bis sie wieder vorbeikommen. Und du wirst nichts von alldem tun, es ist zu gefährlich. Solana, hörst du? Du hast zu lange nicht hier gelebt, vertrau uns einfach, so ist es am besten.« Marisol hebt warnend ihre Küchenkelle.

»Und das weißt du, weil du dich schon gegen sie aufgelehnt hast?« Ich stehe auf, ich muss rüber und das Abendessen für meinen Vater vorbereiten. »Nein, das hat hier keiner und das sollte keiner.« Ich schnappe mir noch einen Apfel aus der Obstschale. »Wenn es niemand wagt, kann auch niemand wissen, was passiert. Das weißt du doch, Marisol. Ich glaube, dein Hund will mich nicht gehen lassen.«

Sobald ich aufgestanden bin, ist auch der kleine Kerl aufgestanden und tappt neben mir her. »Er sucht jemanden, wo er bleiben kann.« Ich lächle zu ihm hinunter. »Dann nehm ich ihn mal für eine Nacht mit zu mir, mal sehen, was mein Vater von ihm hält. Ich kann morgen das erste Mal meine Wohnung besichtigen, du kommst doch mit, oder?«

Ich höre, wie Marisol weitere Töpfe aus dem Schrank holt. »Natürlich, das lasse ich mir nicht entgehen, und Solana, ich kenne dich. Halte dich von den Vélez fern. Glaub mir. Das willst du nicht. Sie sind gefährlich.«

Sie winkt uns noch einmal hinterher. »Bye Snow, bis morgen.«

Trotz der Warnung lässt mich der Gedanke nicht los. Ich laufe zurück zu unserem Hof, Snow tollt neben mir herum. Ich habe mit allem gerechnet, doch nicht damit. Ich kann verstehen, dass wenn man hier lebt und es nicht anders kennt, man sich nicht traut, seinen Mund aufzumachen, doch ich habe die letzten Jahre genau das Gegenteil gelernt.

Mir nichts gefallen zu lassen. Unrecht anzusprechen, mich von nichts und niemandem unterbuttern zu lassen und keine Angst zu haben. Schon gar nicht vor ein paar Idioten, die denken, sich vom hart erarbeiteten Geld der Bauern ein schönes Leben aufbauen zu können und sich damit dann so etwas wie Macht zu verschaffen. Niemals, das haben sie bei dem falschen Hof viel zu lange getan. Mir hat bisher noch niemals jemand Angst gemacht und damit werde ich jetzt auch nicht anfangen.

Als wir auf den Hof kommen, sitzt mein Vater schon auf der Veranda und sieht uns entgegen. »Da bist du ja. Ich habe dir die gefüllten Teigtaschen von dem Café am Stadtrand mitgebracht, die mochtest du doch immer so. Wer ist das? Du weißt doch, dass ich Hunde nicht mag.« Ich lächle, während Snow versucht, einen viel zu großen Stock zu uns zu bekommen. »Das ist Snow, er wollte mich begleiten, damit mir auf dem Weg nichts passiert und dafür darf er bei uns schlafen.« Mein Vater sieht den kleinen Hund misstrauisch an. »Er kann nicht einmal auf sich selbst aufpassen.« Snow fällt über seine eigenen Pfoten, denkt aber nicht daran, den Stock fallen zu lassen.

»Wie du siehst, war ich bei Marisol, jetzt weiß ich wenigstens, wieso dir so viel Geld fehlt. Papa, warum bezahlst du diese Verbrecher? Du hast mir immer gesagt, dass man sich vor niemandem etwas gefallen lassen soll.« Mein Vater reicht mir mein Sandwich und trennt ein Stück von seinem ab, was er Snow reicht. »Das ist etwas anderes, Engel. Das gehört einfach dazu, wir haben uns daran gewöhnt, man kann es wie eine zusätzliche Steuer sehen, du zahlst und hast Ruhe. Glaub mir, es gab einige, die sich dagegengestellt haben und das bereut haben. Hast du nicht gesehen, dass der Hof der Garcias nicht mehr steht? Das hat seinen Grund. Es geht, mach dir deswegen keine Sorgen. Du musst lernen, dass das Leben hier anders ist, je schneller du dich daran gewöhnst, desto besser.«

Also hat doch schon jemand versucht, sich zu wehren. Das Sandwich ist köstlich, was auch Snow zu merken scheint, denn er isst seinen Teil blitzschnell auf. »Ich denke nicht, dass ich mich daran gewöhnen werde zu sehen, wie mein Vater nicht genug Geld hat ...« Mein Vater hebt die Hand. »Ich meine das ernst, Solana. Ich kenne dich! Ich weiß, dass du es gut meinst, doch das ist etwas, von dem du die Hände lassen sollst, hörst du mich? Ich habe mehr gezahlt, weil Marisol und Adela es nicht konnten, ich wollte nicht, dass ihnen etwas passiert oder sie alles verlieren. Jetzt zahlen sie wieder und auch ich habe mehr Geld, dann werde ich das mit den Blumen wieder aufnehmen … Mach dir keine Sorgen, du solltest dich um andere Dinge kümmern, deine Arbeit und deine neue Wohnung, nicht um Dinge, die man eh nicht ändern kann.

Das ist typisch mein Vater, er ist ein herzensguter Mensch, das war er schon immer. Er hat das Geld für Marisol und Adela mitbezahlt, sie werden davon nicht einmal etwas wissen. Ich weiß, dass das sein letztes Wort dazu war und ich weiß auch, dass es nichts bringen würde, mit ihm zu diskutieren. Deswegen lasse ich es, lobe stattdessen das Sandwich und wir sehen Snow zu, wie er nach seinem Anteil wieder vergnügt versucht, den Stock zu tragen.

Natürlich mag mein Vater Hunde nicht, was ihn aber nicht davon abhält, ihm am Abend Wasser hinzustellen und noch etwas Brot und Käse zu geben.

Die Nacht schläft Snow an meinem Bett auf dem Teppich. Ich gebe ihm eine Fleecedecke, in die er sich eingräbt. Ich kann nur sehr schlecht einschlafen, die ganze Zeit denke ich über die Ungerechtigkeit nach, die hier stattfindet.

Als ich dann irgendwann eingeschlafen bin, habe ich sogar davon geträumt, sodass ich entsprechend gerädert am nächsten Morgen wach werde.

Müde bemerke ich, dass Snow weg ist.

Ich öffne das Fenster und sehe hinaus. Die Welt ist schon wieder in ein atemberaubendes goldenes Licht getaucht und ich entdecke meinen Vater mit Snow an seiner Seite. Der kleine Hund folgte ihm überallhin. Als sie zu den Kühen gehen, deutet mein Vater Snow zu warten, er setzt sich und hört auf ihn. Als mein Vater zurückkommt, bekommt er etwas von ihm, er beugt sich zu ihm und tätschelt lächelnd seinen Kopf.

Ich wusste, dass mein Vater jemanden an seiner Seite braucht.

Er lacht, als Snow ihn beim Weitergehen verspielt an seinem Hosenbein zupft.

Das habe ich geschafft, er ist nicht mehr alleine, es wird meinem Vater guttun, und um das Problem mit diesem Vélez Cartel werde ich mich auch noch kümmern.

Kapitel 4

»Gefällt es Ihnen?«

Ob es mir gefällt? Ich schreie gerade innerlich und springe wie ein aufgeregtes Kleinkind auf und ab, doch ich nicke nur und lächle. »Es ist wunderschön, danke schön.«

Die Frau mit den roten Haaren und den grünen Augen reicht mir die Schlüssel zu dieser traumhaften Wohnung. Sie befindet sich mitten in San Juan, im modernen Arbeitsviertel, doch nur zwei Straßen vom alten Stadtteil entfernt.

Die Wohnung ist der reinste Luxus. Ein Lächeln huscht über mein Gesicht, während ich die offene, moderne Architektur auf mich wirken lasse. Die Räume sind lichtdurchflutet, mit großen Panoramafenstern, die einen atemberaubenden Blick auf San Juan bieten.

Man betritt einen Flur, von dem man in einen Wohnbereich geht, mit weißen Wänden, die perfekt mit dem warmen Holzboden harmonieren. Graue und beigefarbene Möbel umranden das Ganze. Die Wohnung ist mit allem, was man braucht, ausgestattet. An dem Wohnbereich grenzt ein kleiner Essbereich und eine offene Küche. Ich habe eine Dachterrasse, von der aus man auf das alte San Juan blicken kann, traumhaft. Auf der anderen Seite des Flurs befindet sich ein großes Schlafzimmer mit direkt zugänglichem begehbaren Kleiderschrank und ein Bad, sehr modern, sogar mit Dusche und Badewanne getrennt. Es ist ein Neuanfang, wie ich ihn mir vorgestellt habe. Natürlich hatte ich auch in Michigan gute Angebote, doch das hier konnte ich nicht ausschlagen.

Ich bin auf einem Bauernhof aufgewachsen und habe danach in einem Studentenwohnheim ein kleines Zimmer gehabt, ob mir das gefällt?

»Eigentlich war geplant, dass Sie erst in einigen Tagen einziehen können, doch die Arbeiter haben sich Mühe gegeben und somit: willkommen in Ihrer Wohnung. Zudem steht Ihr Dienstwagen auf dem Parkplatz 203, hier ist der Schlüssel dazu. Wie Sie schon gesehen haben, ist in Ihrem Kleiderschrank bereits eine Auswahl an Kostümen bereitgestellt, unser Büro hat einen eigenen Ausstatter, damit man einheitlich auftritt. Dazu haben Sie hier ihre Karten für ein Fitness-studio, falls sie es nutzen möchten, Karten für die Clubs und Bars in San Juan, mit denen kommt man schneller hinein und der Champagner vom Chef, der sich am nächsten Montag freut, Sie im Büro zu begrüßen.«

Lächelnd legt sie mir mehrere Karten hin. Sie scheint das alles nicht zum ersten Mal zu machen. Auch ich versuche, ganz gelassen zu wirken, begleite sie noch zur Tür, und verab-schiede mich, doch sobald sie draußen ist, kommt Marisol mit dem Champagner in der Hand und zwei Gläsern zu mir. Sie hat sich die Wohnung genauso begeistert wie ich angesehen.

»Wow, das nenn ich mal ein Upgrade! Früher haben wir von solch einem Ort geträumt und sieh uns jetzt an ...« Sie gießt uns ein und ich setze mich auf die marmorierte Küchen-insel. »Es fühlt sich auch fast zu gut an, um wahr zu sein, da unten wartet ein Auto und sieh dir all diese Karten an. Ich habe mich nicht getraut, in den Kleiderschrank zu sehen, aber einen extra Ausstatter für uns ... das müssen wir feiern. Wir gehen ins Onel und mit dieser Karte kommen wir rein.«

Ich halte die Clubkarte hoch. Marisol wirft mir einen skep-tischen Blick zu. »Solana, du weißt, was ich dir über diesen Club gesagt habe. Da laufen die Cartel-Typen rum. Das ist kein Ort, wo wir hinsollten und schon gar nicht mit dir und deiner tollen Idee, einfach mal so das Vélez Cartel herauszu-fordern ...«

Ich muss lachen und sehe auf die Flyer, die hier liegen. Im Erdgeschoss der Wohnanlage gibt es mehrere Restaurants und Einkaufsmöglichkeiten, man kann überall anrufen und sich die

Sachen nach oben bringen lassen, ich flippe aus, das werde ich sicher immer nutzen.

»Ich will sie nicht herausfordern, ich will sie nur fragen, wie sie darauf kommen, sich ihren Reichtum auf Bauern aufzubauen und dass sie das einstellen sollen, ansonsten werde ich die Polizei einschalten. Und ja, wenn die Polizei nichts tut, gibt es weitere Instanzen, vielleicht sollte sie mal jemand daran erinnern, dass man auch auf andere Art und Weise sein Geld verdienen kann. Pizza mit Hähnchen und Mais? Aber heute gehen wir feiern und ich verschaffe mir erst einmal einen Überblick und werde mir dieses Vélez Cartel ansehen. Vielleicht sind sie auch gar nicht da. Ich will doch nur ein bisschen Spaß. Ich werde niemanden provozieren. Wer weiß, vielleicht ist ihr Ruf schlimmer als die Realität.«

Marisol nickt und öffnet die Schiebetür zur Terrasse. »Sie werden es lieben, wenn man ihnen das an den Kopf wirft, aber von mir aus. Ich kenne dich gut genug und weiß, dass du eh nicht abzuhalten bist. Ich bin mir sicher, dass wenn du sie erst einmal siehst, du selbst verstehen wirst. Du musst sie erleben, damit du die Angst der Menschen verstehst, es ist normal, dass du es so nicht begreifen kannst. Mais, Oliven und Hähnchen.« Ich verziehe kurz mein Gesicht über ihre merkwürdige Auswahl, doch nehme mein Handy und bestelle die Pizzen. Erst einmal sollten wir das Thema lassen, ich werde mir heute Abend ein eigenes Bild davon machen.

Wir rücken die Möbel auf der Terrasse zurecht und machen Bilder für meinen Vater. Wir werden hier schlafen und morgen zurück aufs Land fahren. Als ich gegangen bin, waren

Snow und mein Vater auf den Feldern, er hat nicht mehr davon gesprochen, ihn wieder zurückzugeben.

Die Pizza ist köstlich, wir bestellen uns ein paar Kosmetikartikel, da wir daran gar nicht gedacht hatten. Als es langsam zu dämmern beginnt, benutzen wir das traumhafte Bad und gehen dann in den Kleiderschrank. Hier hängen eine Menge Basic Tops, einige Blazer und eine Menge feine Hosen und enge Bleistiftröcke. Auch verschiedenfarbige Pumps in meiner Größe sind hier. Deswegen musste ich meine Größen angeben, nachdem ich die Papiere unterzeichnet hatte. Damals habe ich einen Fragebogen bekommen, welche Farben mir gefallen in der Einrichtung, welche Größen ich trage, ob ich einen Führerschein habe und einiges mehr.

Marisol zieht eine Augenbraue hoch. »Hier in Puerto Rico tragen die Frauen beim Feiern eher kurze Kleider ...« Ich halte ihr eine enge schwarze Hose und ein schwarzes Top an. »Und da wir nicht wie alle Frauen sind, machen wir das anders. Schlage das Top um, damit du bauchfrei bist, die Hose ist eng geschnitten.« Marisol probiert die Sachen an, ich nehme mir auch ein schwarzes Top, krempel es unter meinen Rippen um und ziehe dazu einen engen schwarzen Bleistiftrock an, der mir bis zu den Knien geht und einen Schlitz an der Rückseite hat, dazu wählt Marisol rote Pumps, ich schwarze, meine beste Freundin strahlt mich über den Spiegel hinweg an.

»Als hätten wir einen anstrengenden Tag im Büro hinter uns, haben die Blusen ausgezogen und feiern uns jetzt die Seele aus dem Leib.« Ich muss lachen. »Das ist der Plan.« Meine Haare trage ich offen, die Locken gehen mir bis zu meinen

Hüften, ich schminke meine Augen und betone meine hellbraunen Mandelaugen und dann lege ich roten Lippenstift auf. Perfekt, edel und sexy, so soll es sein.

Nach einer Stunde des Stylings und Lachens sind wir bereit. Wohlwissend, dass ich nicht genau weiß, was mich erwartet, habe ich neben meiner Clutch auch meine Leinenschuhe in der Hand, als wir in die Tiefgarage fahren.

Der Autoschlüssel verrät, dass es sich um einen Mercedes handelt, doch als ich dann auf meinem Parkplatz einen kleinen, schicken schwarzen Mercedes vorfinde, bin ich trotzdem überrascht. Das Auto ist ein Neuwagen. »Da ist jemand wirklich froh, dass du zurück in Puerto Rico bist und für ihn arbeitest.«

Ich wechsle die Pumps mit den Leinenschuhen und muss mich erst einmal im Wagen umsehen. »Ich war eine der Besten im Abschlussjahrgang und ich habe ihm meine Ideen für ein kommendes Bauprojekt zukommen lassen. Das hat ihn offenbar genug überzeugt.« Der Motor startet und ich spreche ein leises Gebet 'Lass mich nicht am ersten Tag das Auto zu Schrott fahren, bitte'. Marisol hat eine Weile am Radio rumgeschaltet und als dann die ersten Klänge von Karol G. Si antes te hubiera conocido ertönen, schaltet sie es so laut, dass ich auflachen muss.

Willkommen zurück in Puerto Rico.

Zum Glück gibt es ein Navi, was uns sicher und schnell zum Hafen bringt. Der Club hat einen großen Parkplatz und wir stellen uns so weit weg von allen anderen, dass keiner auf die Idee kommt, sich zu nah an mich zu stellen und mir gleich Kratzer zu verpassen.

Am Eingang ist eine lange Schlange, Marisol drängt sich an allen vorbei und hält meine Karte hoch und tatsächlich winkt uns einer der Security-Männer durch.

Sobald wir drinnen sind, halte ich erst einmal ein. Das hier ist der größte Club, in dem ich jemals war, von hier unten erkennt man zwei Etagen, mehrere Bars und viele kleine Nischen, in denen man sich an Tischen ausruhen kann.

»Wow.« Es wird RnB gespielt, allein hier unten gibt es zwei Tanzflächen. Kellnerinnen mit Tabletts auf Rollschuhen fahren herum. Der Club ist eine Mischung aus Neonlichtern, dröhnenden Bässen und Luxus. Glitzernde Kronleuchter hängen über der Bar, alles ist in edlen Stoffen und in Schwarz und Gold gehalten.

»Ich war selbst noch nie hier, doch wer hier war, kommt immer wieder, lass uns tanzen.« Marisol zieht mich schon auf die Tanzfläche und ich lasse mich bereitwillig mitnehmen. Es ist elektrisierend, ich nehme die Atmosphäre in mich auf und vergesse für eine Weile alles um mich herum.

Doch wie bereits einige Male zuvor in den letzten Tagen unterschätze ich noch immer die Luftfeuchtigkeit. Nach knapp zwei Stunden bin ich völlig außer Puste und ziehe Marisol erst zur Toilette und dann an die Bar. Ein Mann hat uns die ganze Zeit angetanzt, also nicht nur einer, aber wir haben nur einen Mann an uns herangelassen, der Marisol zu gefallen scheint. Er hat sie gebeten, schnell zurückzukommen und schon jetzt gleitet ihr Blick immer wieder zur Tanzfläche, während meiner weiter den Club entlanggeht.

Es ist unglaublich voll. Ich wende mich zum Barkeeper. »Entschuldige, ich bin das erste Mal hier, was befindet sich in den anderen Etagen?« Er deutet zu einer Treppe, auf der man in den ersten Stock kommt. »Das ist der VIP-Bereich, da kommen nur gewählte Gäste rein.« Jetzt sehe ich die Absperrung und einen Sicherheitsmann davor. Ich erkenne von hier einige Tische, an einem der vorderen sitzen einige Männer zusammen, sie lachen und trinken, einige Frauen sitzen bei ihnen.

Der Barkeeper deutet auf die andere Treppe. »Von dort könnt ihr zum zweiten Stock. Dort wird ruhigere Musik gespielt, man kann dort essen und etwas ungestört sein. Er ist für alle offen, wenn ihr mal etwas Ruhe braucht.« Ich bedanke mich und deute zum VIP-Bereich. »Sind das Männer des Cartels?« Marisol dreht sich auch um und zuckt die Schultern. »Keine Ahnung, ich erkenne keinen von ihnen. Da kommt man sicher eh nicht hin. Was ist, hast du Lust weiter zu tanzen oder willst du weiter fremde Männer anstarren?« Ich deute auf meinen noch halbvollen Drink. »Mach mal, ich brauche noch einen Moment. Außerdem wirst du schon erwartet.« Ich deute zu dem Mann, der zu uns sieht und Marisol gleitet elegant vom Barhocker. »Falls wir uns aus den Augen verlieren, schreibe mir, wenn du loswillst. Und Solana ... benimm dich!«

Auch der Barkeeper hinter mir lacht, ich deute ihr an, dass ich mich benehme, doch mein Blick wandert unweigerlich zum VIP-Bereich. Nun sind es zwei Sicherheitsleute, die mit ernsten Mienen davorstehen. Sexy Frauen huschen zwischen der Absperrung durch. Einige Minuten beobachte ich das Treiben, bis eine Kellnerin mit einem Tablett an mir vorbeigeht.

»Entschuldigung«, ich deute unauffällig in Richtung des VIP-Bereichs. »Wer sind die Männer dort oben? Sind das ... die, von denen man sagt, dass sie in Puerto Rico ... das Sagen haben?« Die Kellnerin zögert kurz, dann nickt sie. »Ja, das sind sie. Aber da kommen nur Frauen hoch, die sie einladen.«

Mist, ich bedanke mich und lasse meinen Blick weiter auf den Bereich gerichtet. Gerade in dem Moment kommen zwei Männer an der Bar vorbei und steuern genau den VIP-Bereich an. Einer hat nur eine Jeans und ein Shirt an, auf seinem Unterarm ist groß Vélez tätowiert und mein Herz schlägt schneller. Besonders als ich die Waffe bemerke, die in seinem hinteren Hosenbund steckt.

Ich sehe den beiden hinterher, Marisol hat recht. Sie sind angsteinflößend, man spürt sofort, dass sie Macht haben. Eine winzige Sekunde zögere ich noch, dann steige auch ich vom Barhocker und gehe den beiden hinterher. Das ist meine Chance.

»Hey, Entschuldigung, ihr beiden ...« Ich tippe einem der Männer an den Rücken. Er dreht sich um und katzenhafte grüne Augen sehen verwundert an mir hoch und runter. »Was willst du?« Auch wenn mir ein großer Kloß im Hals steckt, versuche ich zu lächeln. »Ich suche Cama, ich möchte dringend mit ihm sprechen. Oder seinem Bruder ...«

Die beiden sehen weiter an mir hoch und runter und der mit den grünen Augen beginnt zu grinsen. »Möchtest du das? Ich bin mir sicher, du wirst ihm gefallen, was möchtest du denn von ihm?« Es kostet mich einiges an Beherrschung, ihm nicht zu zeigen, was ich von seinem anzüglichen Kommentar halte. Krampfhaft lächle ich weiter. »Das muss ich ihm schon selbst sagen, ist er da?«

Der andere Mann ist schon weitergegangen und der Mann mit den grünen Augen deutet mir mitzukommen. »Aber nur, weil du mal eine Abwechslung bist, komm mit.« Ich bleibe automatisch stehen und sehe den Mann fassungslos an. Wie redet er mit Frauen? Ist das sein Ernst? Aber ja, wahrscheinlich, mir sollte bewusst sein, dass die Männer des Vélez Cartels in allen Bereichen Arschlöcher sind.

»Fantastisch«, ist alles, was ich herausbekomme. Ich schlüpfe neben dem Mann durch die Absperrung und sehe mich um. Hier oben spürt man sofort eine gewisse Spannung in der Luft. Ich kann nicht einmal genau sagen, was das ausmacht. Dieser Bereich ist noch etwas luxuriöser ausgestattet, mit schwarzen Ledersofas, Glastischen und teuren Champagnerflaschen, die in goldenen Eiskübeln glitzern.

Sechs Männer sitzen an einem der Tische, ihre Haltung ist durch und durch selbstbewusst, sie unterhalten sich gerade angeregt. Es gibt einige Gruppen von Leuten hier, doch automatisch weiß ich, dass diese hier vorne die ist, die ich suche. Es ist die Macht, die von hier ausgeht, ich kann es nicht leugnen und gleichzeitig lässt genau das meine Wut hochschnellen.

Wahrscheinlich versaufen sie hier gerade das hart erarbeitete Geld meines Vaters.

Die Männer, mit denen ich gekommen war, treten vor mich. Einer setzt sich, der andere erklärt belustigt, dass ich nach Cama suche. Ein leises Lachen geht durch die Runde, doch einer der Männer verstummt und sieht zu mir.

Er lehnt sich zurück, betrachtet mich mit dunklen, stechenden Augen. Auch mein Blick gleitet über ihn. Er scheint hier etwas zu sagen zu haben. Sein Gesicht ist makellos schön, was im Kontrast zu dem steht, was er darstellt. Er hat eine etwas dunklere Haut als ich, viel goldbrauner. Seine Augen sind so dunkel, dass ich gar nicht lange hineinsehen kann. Dunkle Wimpern umrahmen sie und verdunkeln seinen Blick noch mehr. Er hat eine feine Nase und trägt einen Dreitagebart um seine Lippen.

Sein Blick verweilt einen Moment in meinem Gesicht. »Cama ist nicht hier«, sagt er mit einer tiefen, rauen Stimme, die einen unheilvollen Unterton hat. Dieser Mann beschert mir eine Gänsehaut. Da waren die beiden Männer, mit denen ich gekommen bin, noch harmlose Kätzchen neben ihm. Mein Blick gleitet zu der blonden Frau neben ihm, deren Hand auf seiner Anzughose liegt. Auf dem Tisch liegen mehrere Waffen.

»Was willst du von ihm?«

Einige der Männer am Tisch lachen auf, doch sie widmen sich wieder anderen Dingen, während der Mann mich weiter betrachtet. Ich zwinge mich zu einem selbstbewussten Lächeln. Jetzt darf mich nicht der Mut verlassen.

»Ich muss mit ihm sprechen. Es geht um eine wichtige Angelegenheit.«

Der Mann lacht hart auf. Er hat ein schönes Lächeln, er ist ein sehr attraktiver Mann, dunkel und geheimnisvoll. Die Männer hier scheinen alle gut gebaut und durchtrainiert zu sein. Er trägt eine schwarze Anzughose und ein schwarzes Shirt. Eine silberne Uhr ist an seinem Handgelenk zu erkennen, gleichzeitig hat auch er wie die meisten Männer hier den Schriftzug Vélez auf dem Unterarm tätowiert, doch das ist noch nicht alles. Auf seinem Handrücken ist ein Kreuz eintätowiert, an seinem Hals betende Hände, jetzt erkenne ich eine Narbe auf seiner Wange, die ihn allerdings nicht entstellt, sondern nur gefährlicher wirken lässt.

Auch wenn er nicht Cama ist, wird er einer der Höheren sein in diesem gottlosen Cartel.

Der Mann hebt eine Augenbraue und betrachtet mich neugierig. »Am Ende wollen das doch die meisten. Was genau willst du klären?« Er deutet auf die Couch neben sich. »Setz dich. Vielleicht kommt er ja noch.« Die Frau flüstert ihm etwas ins Ohr. Auch wenn ich nicht will, nehme ich seine Einladung an und setze mich zu ihm. Vor solchen Männern darf man niemals Angst zeigen, sie sind nur so groß wie man sie sein lässt.

»Das werde ich mit ihm besprechen, wenn er kommt.« Auch wenn die Frau weiter um seine Aufmerksamkeit buhlt und ihre Lippen gerade irgendetwas mit seinem Hals anstellen, bleibt sein Blick auf mich gerichtet. Ich habe einen gewissen Abstand zu ihm gelassen. Er sieht mir in die Augen und deutet dann auf die Bier- und Champagnerflaschen auf dem Tisch.

»Nur weil er da ist, bedeutet das nicht, dass er dir zuhören wird. Das Privileg bekommen nicht alle. Ich habe dich hier noch nie gesehen, woher kommst du?« Das erste Mal muss ich auflachen. Unfassbar, wie selbstverliebt der Kerl ist. »Ich bezweifle, dass du von hier oben überhaupt siehst, wer da unten ist und wer nicht.« Meine Antwort kam schnell und scharf, ich bin in der Uni dafür bekannt gewesen, doch hier muss ich aufpassen, das bemerke ich, als die Frau mich verwundert ansieht und der Mann ein weiteres Mal überrascht die Augenbrauen hochzieht.

»Es gibt nicht viele, die sich trauen, so mit mir zu sprechen, also wer bist du?« Nun befinde ich mich kurz davor, meine Chance selbst zu zerstören. Also versuche ich mit einem Lächeln etwas sanfter zu wirken, so schwer es mir fällt. »Ich bin Solana, und du hast recht. Ich komme nicht von hier. Ursprünglich schon, ich bin in Puerto Rico geboren, habe aber bis vor zwei Wochen in Michigan gelebt und gerade mein Studium beendet.«

Das sollte reichen. Der Mann hat mir zugehört, sein Blick gleitet immer wieder über mein Gesicht zu meinen Augen. »Und wieso bist du zurück und suchst ausgerechnet nach Cama?« Die Frau bekommt nun überhaupt keine Aufmerksamkeit mehr, was sie mich wütend anfunkeln lässt, ihre Hand wandert weiter nach oben, doch der Mann wendet seinen Blick nicht von mir ab.

»Ich bin hier, weil ich eine Weile hier arbeiten werde und wegen meines Vaters und wie gesagt, weil ich etwas mit Cama zu klären habe, oder ... Ist vielleicht sein Bruder da? Es sind doch zwei Anführer, oder?«

Nun lacht der Mann auf. »Dafür, dass du so scharf darauf bist, mit einem von ihnen zu sprechen, kennst du dich offenbar sehr schlecht aus, Solana aus Michigan. Lass mich dir etwas verraten. Es ist gefährlich, nach einem der beiden zu fragen. Hübsche Frauen wie du sollten einen weiten Bogen um diese Welt machen. Ja, es gibt zwei Anführer. Cama ist der ältere Bruder und Cairo ist gerade in Venezuela, also musst du wohl hoffen, dass Cama irgendwann bereit ist sich anzuhören, was du auf deinem unschuldigen Herzen hast.«

Dieser Mann ... ich lege den Kopf schief. Ich spüre, wie ich immer mehr in die Defensive gerate. »Lass mich dir etwas verraten: Du hast keine Ahnung, ob ich so unschuldig bin, wie ich aussehe und außerdem wäre ich nicht hier, wenn ich all das nicht wissen würde. Ich bin hier, auch wenn ich weiß, dass es gefährlich ist, was bedeutet, dass es wichtig genug ist, dass nur Cama das erfährt und nicht seine ... Handlanger. Du bist wahrscheinlich einen anderen Schlag Frauen gewohnt, aber stell dir vor, ich bin eine Frau, die ziemlich genau weiß, was sie will und wie weit sie gehen kann.«

Nun sehen auch ein paar der anderen Männer zu mir, die Frau neben dem Mann sieht mich mittlerweile nur noch so an, als hätte ich den Verstand verloren. Einen Moment denke ich schon, dass ich es mit meiner vorlauten Art komplett versaut habe, doch der Mann beginnt zu lachen und gießt sich und dann mir etwas zu trinken ein.

»Also eins bist du auf jeden Fall, Solana, anders als die meisten Frauen hier, da stimme ich dir zu, doch du hast keine Ahnung, in welche gefährliche Höhle du dich hier wagst und ich finde es amüsant, deine tollpatschigen Schritte dabei zu beobachten.«

Sein Blick gleitet wieder zu meinen Augen. Ich versuche das Gespräch zu kontrollieren, doch ich scheine bei ihm keine Chance zu haben.

Mein Kopf rattert, ich suche nach einer passenden Antwort und der Mann scheint sie schon zu erwarten, da klingelt das Handy des Mannes. Nach einem kurzen Gespräch, in dem er nur hmm, hmmm und okay sagt, legt er auf und steht auf. Die anderen Männer tun es ihm gleich. »Es geht los, die Lieferung ist da.«

Er greift nach der Waffe auf dem Tisch und steckt sie sich in den Hosenbund. Nun erkenne ich, wie gut er wirklich gebaut ist. Seine Arme sind muskulös, er hat eine breite Brust, und als ich ebenfalls aufstehe, überragt er mich um knapp einen Kopf. »Und was ist jetzt mit Cama?«, frage ich angespannt. Dieses ganze Theater hier war doch nicht umsonst.

Der Mann wendet sich zu mir, er scheint einen Moment zu überlegen, dann sieht er mir wieder in die Augen. »Cama kommt heute nicht mehr. Aber am Samstag gibt es eine Party. Dort triffst du ihn vielleicht.«

Er wendet sich ab und ich gehe ihm hinterher. »Party …
das … wo genau?« Er bleibt stehen und legt den Kopf schief.
»Dafür, dass du so einen Mut hast, bist du wirklich unwissend,
Michigan-Mädchen. Frag einfach, wo das Vélez Cartel lebt,
dann findest du uns. Ich werde Bescheid geben, dass Solana
aus Michigan uns beehrt und mit dem Anführer sprechen
möchte.« Er zwinkert mir zu und verlässt mit den anderen
Männern den VIP-Bereich.

Ich sehe den Männern hinterher, sehe, wie die Leute unten
ihnen Platz machen und respektvoll zur Seite gehen, wende
mich um und blicke zum Tisch, an dem die Frauen aufstehen,
als wäre nun ihre Aufgabe des heutigen Abends vorbei und
dann wieder nach unten, wo Marisol an der Bar steht und
mich mit weit aufgerissenen Augen anstarrt, als wäre ich nun
vollkommen übergeschnappt.

»Was tust du da oben, bist du wahnsinnig?«, formt sie ton-
los mit ihren Lippen und deutet hektisch hinter den Männern
her.

Ich atme entnervt auf.

Ja, das bin ich offensichtlich, doch wenn ich will, dass sich
etwas im Leben meines Vaters ändert, muss ich das wahrscheinlich auch weiterhin sein.

Kapitel 5

Die nächsten Tage verbringe ich im Wechsel auf dem Land und in meiner neuen Wohnung. In einigen Tagen beginne ich meine neue Arbeit, sodass ich ab heute ganz hier leben werde. Es hat sich den gesamten Tag ungewohnt ruhig angefühlt, auch wenn ich Musik angemacht und den Rest der Wohnung nach meinem Geschmack eingerichtet habe. Ich war eigentlich nie wirklich allein. An der Uni habe ich mir eine kleine Studentenwohnung auf dem Campus geteilt, sonst war immer jemand aus meiner Familie bei mir. Es ist nicht unangenehm, aber ungewohnt.

Die ganze Zeit über habe ich mir Gedanken darüber gemacht, ob ich zu der Party heute Abend gehen soll. Nachdem mich Marisol fast umgebracht hat, weil ich die Idee hatte, im Club einfach zu den Vélez zu gehen und nach Cama zu fragen. Sie ist froh, dass er nicht da war und hofft einfach, dass ich es dabei belassen werde. Und ganz ehrlich? Ich habe darüber nachgedacht, doch der Gedanke, dass diese eingebildeten Kerle in ein paar Wochen wieder bei meinem Vater auftauchen, ihm das Geld nehmen, für das er so hart arbeitet und es mit irgendwelchen Frauen im Club für teuren Champagner ausgeben, bringt mich am Ende nach allem Hin und Her, dazu, dass ich mich nach meiner Dekorationseinheit fertig mache und unsicher vor dem Spiegel stehen bleibe.

Nicht zu auffällig, aber doch so, dass ich überhaupt auf die Party gelassen werde. Wer weiß, ob der Mann mit den dunklen Augen und dem frechen Grinsen überhaupt daran gedacht hat, Bescheid zu geben, dass ich komme. Immer wieder musste ich an den Mann denken, der mich gestern so verwirrt hat. Seine arrogante kalte Art, dieses gefährliche Auftreten und dass er so viel Macht versprüht und nur einer der Handlanger der Brüder zu sein scheint, hat mich so verwirrt, dass am Ende er mich ausgefragt hat, statt ich ihn, wie ich es vorhatte. Das wird mir immer bewusster, je mehr ich darüber nachdenke und ich habe mir geschworen, dass mir das heute nicht wieder passiert.

Also wähle ich eine enge schwarze Hose, ein rotes Bandeau-Top und rote Pumps. Ich hänge mir einige goldene Armbänder um und große Creolen, meine Locken lasse ich offen und schminke nur meine Augen stärker.

60

Mittlerweile habe ich mich an das neue Auto gewöhnt, trotzdem passe ich sehr gut darauf auf. Es war tatsächlich nur eine Sache von Minuten, herauszufinden, wo das Vélez Cartel lebt. Eine Verkäuferin im Supermarkt, die es liebt zu quatschen, habe ich eher nebenbei danach gefragt und sie hat mir gesagt, dass dieses Cartel hinter dem alten Stadtteil San Juans, bei der ersten Ausfahrt, ein eigenes Gebiet haben. So ganz habe ich nicht verstanden, was sie meint, doch das werde ich nun herausfinden.

Nun, da ich einige der Männer bereits getroffen habe, bin ich doch etwas vorsichtiger. Sie alle tragen Waffen, man sieht ihnen an, dass sie gefährlich sind, und doch denke ich noch immer, dass man den Anführern versuchen sollte klarzumachen, dass sie nicht das Geld der Bauern nehmen dürfen und dass das ab jetzt Konsequenzen für sie haben wird. Ich kann mir nicht vorstellen, dass es sich jemand wagt, sich ihnen in den Weg zu stellen, doch wenn niemand damit anfängt, ändert sich nie etwas. So war es schon immer in der Geschichte.

Bin ich in der Position, Cartel-Mitgliedern zu drohen? Garantiert nicht. Werde ich es trotzdem tun? Für meinen Vater und all die Menschen in unserer kleinen Stadt? Ja.

Somit fahre ich durch das alte Viertel und nehme die erste Abfahrt aus der Stadt raus und tatsächlich finde ich so etwas wie eine Absperrung mit drei bewaffneten Männern davor. Das … ungläubig sehe ich zweimal hin. Das ist hier wie in einem schlechten Film.

Unsicher halte ich bei der Absperrung und lasse mein Fenster herunterfahren. »Ich bin zu der Feier eingeladen.« Einer der Männer mit langen schwarzen Haaren und einem zugenähten Auge kommt zu mir. »Wie heißt du?« Um ihn nicht anzustarren, sehe ich einen Moment hinter ihm zu den anderen beiden, doch die spielen weiter Karten. »Solana.« Er nickt. »Ich weiß Bescheid, ich muss trotzdem einmal nachsehen, ob du unbewaffnet bist, steig bitte aus.«

Der Mann sieht unheimlich aus, er deutet mit seiner Waffe, dass ich aussteigen soll. Wenn ich auf die Feier will, habe ich keine andere Wahl. Also steige ich aus und sehe zu, wie der Mann mit nur einem Auge mein Auto durchsucht. Er ist sehr genau, er sieht auch unter den Autositzen nach, im Kofferraum und in allen Fächern. Dann stellt er sich vor mich und lächelt. »Arme hoch.« Mein Blut beginnt zu kochen. »Bitte?« Er deutet mir, meine Arme zu heben. »Ich muss sehen, ob du ein Messer oder eine Waffe am Körper trägst, außer deinen hinreißenden Kurven, versteht sich.«

Unfassbar ... ich kann all diese Männer nicht ertragen, die benehmen sich als ... ich zwinge mich, die Arme zu heben, einmal muss ich all das mitmachen und dann nie wieder.

Der Mann tritt näher, am liebsten würde ich die Augen verdrehen, als er an meinem Bandeau-Top entlanggleitet, er hebt es hoch, als könnte ich unter dem Stoff etwas verstecken, aber nach einem Blick auf meinen Bauch scheint er beruhigter. Seine Hände gleiten zu meinen Beinen, streifen einen Moment meinen Po und ich lächle ihn an.

»Man munkelt, dass Männer solche Aktionen nutzen, um endlich mal Frauen näherzukommen.« Der Mann lacht leise auf. »Das hat niemand von uns nötig, auch wenn es nett ist. Du kannst fahren, warst du schon einmal hier?« Um so schnell wie möglich von dem Mann wegzukommen, setze ich mich wieder ins Auto. »Nein.« Er deutet nach oben. »Am Anfang kommen die Gebäude für das Personal und die Küchen, Lager usw. Dann kommen die Wohnhäuser der Männer, weiter oben findest du ein längliches Haus, das ist das Gemeinschaftshaus, wo trainiert wird, Besprechungen und die heißesten Partys stattfinden. Dort kannst du einfach irgendwo parken. Fahr nicht höher, da kommen die Häuser der Anführer, da hat niemand etwas zu suchen.«

Ich nicke. Gut zu wissen.

So langsam es geht fahre ich durch das Gebiet, was ironischerweise etwas von einer idyllischen amerikanischen Vorstadt hat. Es stehen Palmen herum, die Gehwege sind bepflanzt und die Häuser passen alle zusammen. Nicht das, was man von einem Cartel-Viertel erwarten würde. Ich bin gespannt, was ich hier noch entdecken werde.

Natürlich habe ich auch versucht, mich im Netz zu informieren. Man findet einige Artikel zu dem Cartel, in einigen Ländern werden sie als das gesehen, was sie sind, Verbrecher, in anderen werden sie eher als reiche Geschäftsmänner angesehen. Es gibt aber kaum Bilder, manchmal sieht man die Tätowierung auf einem Arm, aber ansonsten gibt es nicht viel über das Vélez Cartel oder die Anführer. Es scheint auch niemand von ihnen einen Account auf Social Media zu haben, also werde ich so alles über sie herausfinden müssen.

Das Haus, was der Mann beschrieben hat, ist nicht schwer zu finden, wenn ich es nicht schon an dem vielen Licht und der lauten Musik ausgemacht hätte, dann an den zwei Frauen, die am Straßenrand stehen, eine von ihnen übergibt sich gerade. Die Party scheint in vollem Gang zu sein.

Ich steige aus und mein Blick gleitet zu einem Hügel, auf dem ich weitere Häuser bemerke, sie stehen etwas abseits. Vielleicht sollte ich direkt dahin, doch so ausgelassen wie diese Party sich anhört, wird dieser Cama sicherlich hier sein.

Also gehe ich in das Haus. Überrascht sehe ich, wie edel hier alles eingerichtet ist. Weiß-graue Marmorböden, weiße Möbel mit goldenen Extras, wahrscheinlich wurde ein Innenarchitekt hierfür beauftragt. Im totalen Kontrast zu der Einrichtung stehen die Männer, die in einfachen Shorts und Shirts oder nur in Badehose hier herumlaufen, genauso wie die Frauen in Bikinis, nur wenige tragen Kleider, die allerdings auch sehr kurz und sexy sind.

Sie alle scheinen Spaß zu haben, manche tanzen, einige haben sich auf beige Sofas zurückgezogen. Ich sehe eine Frau mit einem Mann eine der Treppen nach oben gehen, und so wie es aussieht, werden sie dort ihren Spaß haben.

Ich spüre den Blick eines Mannes auf mir und als er ansetzt, zu mir zu kommen, gehe ich schnell durch die geöffneten Terrassentüren in den Garten hinaus. Hier tanzen Frauen auf dem Gras, die Männer sitzen um Tische herum, spielen Karten und hinten ist ein Fußballfeld, auf dem ich auch Männer erkenne, die gerade spielen. Es gibt einen großen Pool, in dem sich einige aufhalten, was eine gute Idee ist, so heiß und schwül wie es heute Nacht ist.

Es duftet köstlich nach Fleisch, mehrere Grills stehen aufgereiht, ich sehe einen Mann Tacos füllen und bekomme Hunger, doch erst einmal schweift mein Blick herum, bis ich im Pool den Mann aus dem Club entdecke.

Automatisch öffnen sich meine Augen weiter. Er steht im Pool, man sieht nur seine Brust, doch meine Vermutung, dass er gut gebaut ist, ist hiermit bestätigt. Seine dunklen Haare schimmern feucht. Zwei Frauen sind bei ihm. Eine küsst seinen Hals entlang, während die andere verdächtige Bewegungen unter Wasser macht.

Der Mann hat den Kopf ein wenig nach hinten geneigt und scheint die Berührungen der Frauen zu genießen. Das ist doch … ich will wegsehen, doch ich kann nicht. Mein Blick gleitet zu seinen Lippen, seinem Kinn, seinen dunklen Augen, die wachsam und doch genießend durch die Menge gleiten, bis sie meine Augen treffen.

Ich weiß nicht, was ich erwartet habe, was passiert, wenn er mich sieht, doch nicht, dass sich ein Lächeln auf seine Lippen setzt, schon gar nicht, wenn man bedenkt, wobei ich ihn gerade beobachte.

Am liebsten würde ich mich abwenden und endlich das tun, wozu ich hier bin: Cama suchen. Doch ich halte einen Moment den Atem an, während ich mich dem intensiven Blick des Mannes stelle.

Seine dunklen Augen, glitzernd vor Belustigung und etwas Anderem, Tieferem, sie fixieren mich, obwohl die beiden Frauen um ihn herum alles für seine Aufmerksamkeit tun. Die beiden scheinen plötzlich irrelevant, ihre Bewegungen jedoch gehen weiter. Ich weiß nicht, was mich stärker beunruhigt: seine unerwartete Aufmerksamkeit oder die Tatsache, dass ich mich dieser nicht entziehen kann.

»Hey, dich kenn ich doch.« Eine tiefe Stimme unterbricht meine Gedanken und bringt mich endlich dazu, mich von diesem bizarren Bild abzuwenden. Der Mann mit den grünen Augen steht wieder vor mir. »Die freche Frau aus dem Club.« Ich ziehe die Augenbrauen hoch. »Frech würde ich nicht sagen, eher ungeduldig.« Der Mann lacht leise auf und sieht an mir hoch und runter. »Genau, da war doch was. Hast du Hunger? Ich wollte mir gerade einen Taco holen, weswegen warst du noch einmal da?«

Vielleicht sollte ich das wirklich tun, es duftet zu gut und dabei bekomme ich heraus, wer hier Cama ist. »Ich suche Cama, oder seinen Bruder.« Der Mann sieht sich um. »Cama ist ...«

»Nicht da.« Eine noch dunklere Stimme lässt uns beide umdrehen. Genau vor uns steht der Mann mit den dunklen Augen, der gerade noch mit den beiden Frauen beschäftigt war.

»Ich dachte, er würde heute hier sein.« Er trägt nur eine Schwimmshorts und ein Handtuch um die Schultern. Alles an ihm ist beeindruckend. Seine breite goldbraune Brust, die Tattoos, die dunklen Augen, doch ich sehe ihn so unbeeindruckt wie möglich an und versuche im Hinterkopf zu behalten, wer er ist. »Er kommt wahrscheinlich noch. Doch erst einmal könntest du mir verraten, was nun so wichtig ist, dass du tatsächlich gekommen bist. Ich hatte nicht damit gerechnet.« Seine Haltung ist locker, aber seine Augen beobachteten mich scharf.

»Natürlich bin ich gekommen. Wie ich es gesagt habe, ist es wichtig, und ich denke nicht, dass du mir da weiterhelfen kannst. Ich warte dann einfach hier, er wird ja sicherlich irgendwann auftauchen.«

Der Mann mit den grünen Augen lacht auf und schlägt leicht auf die Schulter des Mannes. »Oh Mann, viel Spaß.« Ich sehe an ihm vorbei und suche nach den beiden Frauen, die gerade noch mit ihm beschäftigt waren, doch finde sie nicht mehr.

»Von mir aus, wie war dein Name noch einmal?« Er deutet mir, mit ihm zu kommen. »Solana.« Er geht mit mir zum Buffet. Meine Finger gleiten instinktiv über die glatte Oberfläche meines Handys, das in meiner Hosentasche steckt. Es war nicht geplant, sich direkt in den Mittelpunkt zu begeben, aber jetzt gibt es kein Zurück mehr. Ich muss herausfinden, wer in diesem Chaos die Strippen zieht, um hier wieder wegzukommen.

»Das ist schon das zweite Mal, dass du mutig genug bist, dich uns zu stellen, um irgendetwas loszuwerden. Wieso sagst du mir das nicht einfach und dann sehen wir weiter?« Er sagt dem Mann am Grill, dass er ihm zwei Tacos fertig machen soll und reicht mir eine Flasche Coca Cola. Er fragt nicht einmal, ob oder was ich trinken will, dieser Mann ist viel zu bestimmend, um nur eine kleine Nummer zu sein. Ich verschränke die Arme vor der Brust und deute zu den gekühlten Getränken. »Ich möchte lieber Orangenlimonade. Wie gesagt, das ist nicht für … das möchte ich mit jemandem besprechen, der etwas zu sagen hat, ich will das alles nicht ständig wiederholen müssen, bevor ich jemanden treffe, der auch wirklich etwas tun kann.«

Der Mann reagiert nicht einmal, er reicht mir die Orangenlimonade und einen Taco und deutet mir, mich mit ihm an einen der Tische zu setzen. Widerwillig folge ich ihm hierhin. »Wer sagt dir, dass ich nichts zu sagen habe?« Ich lege den Kopf schief. »Die Tatsache, dass du nicht Cama bist. Wo steckt dieser Mann, wieso kann man ihn nicht einfach sprechen und dann …?« Der Mann beißt in seinen Taco und ich tue es ihm gleich. »Jetzt weiß ich wieder, wieso ich dich eingeladen habe, abgesehen vom Offensichtlichen.« Er lacht auf und sein Blick gleitet zu meinen Augen. »Cama spricht nicht mit jedem, weil immer alle etwas von ihm wollen. Es ist ermüdend, deswegen halten wir so etwas von ihm fern.«

Ich beiße noch einmal von dem Taco ab und schließe einen Moment die Augen. Er ist köstlich. »Falls du denkst, dass ich etwas von ihm möchte. Niemals! Ich will ihn, wenn überhaupt, zu etwas auffordern, so würde ich es umschreiben.«

Der Mann isst viel schneller, sein Taco ist bereits nach wenigen Bissen weg und er lehnt sich zurück. »Du bist wirklich interessant, Solana, mutig und interessant. Du kamst aus Michigan, oder? Es muss dir sehr wichtig sein, weswegen du hier bist. Also, was wäre, wenn ich dir sage, dass du Cama …?«

Hinter uns wird es lauter. Ein Mann und eine Frau brüllen sich an, der Mann wendet sich um und stöhnt leise genervt auf. »Warte hier … ich bin gleich wieder da.« Er fängt wieder an, mich auszufragen.

Er erhebt sich, und zum ersten Mal sehe ich seinen durchtrainierten Rücken. Auf seinem rechten Schulterblatt prangt eine tätowierte Schlange. Víbora. Gefährlich und ihr Biss ist meist tödlich. Wie passend. Mein Blick wandert langsam weiter seinen Rücken hinab. Ja, der Mann ist sehr attraktiv, viel zu bestimmend und von sich eingenommen, doch ja, wäre er ein normaler Mann und nicht Mitglied eines Cartels, fände ich seine Aufmerksamkeit nett und sein Verhalten würde mich neugierig machen, doch gerade hält er mich nur von meinem Plan ab.

Ich beobachte, wie der Mann sein Handtuch auf eine der Liegen wirft, sich ein darauf liegendes Shirt schnappt und überzieht. Dann geht er zu den beiden, die sich streiten. Die Frau schreit nun auch ihn an, sie scheint auch keine Angst vor den Männern hier zu haben. Sie sieht auch anders aus als die meisten anderen Frauen auf der Party … angezogener.

Ich esse den Taco auf und beobachte die drei, dann stehe ich auf und gehe hinein, um mir die Hände zu waschen. Ich will hier so wenig Zeit wie nötig verbringen und wie es scheint, kann mir der Mann nicht helfen.

Ich gehe auf der Suche nach einer Toilette wieder ins Haus. Dort laufe ich einen ruhigen Flur entlang und sehe neugierig in die Räume, an denen ich vorbeikomme. Einer ist eine riesige Trainingshalle mit vielen Geräten und dann ein Raum mit einem langen braunen Tisch und um die zwanzig Stühle. Ich überlege, dort hineinzugehen, doch dann kommen zwei Frauen aus der Toilette und ich gehe mir erst einmal schnell die Hände waschen.

Einen Moment überlege ich, danach wieder in den Garten zu gehen, ich sehe hinaus und auf den Mann, der nun wieder mit den zwei Frauen dasteht. Er sucht mit den Augen den Garten ab, doch die beiden Frauen scheinen ihn ablenken zu wollen. Perfekt, er wird mir eh nicht weiterhelfen können.

Genau in diesem Moment kommen zwei weitere Männer von draußen rein. Sie sehen erschöpft aus und ich nutze die Gelegenheit. »Wo finde ich Cama?« Die beiden sehen mich von oben bis unten an. »Wenn er nicht auf der Feier ist, wird er noch in seinem Haus sein, es ist das ganz oben auf dem Hügel. Ich würde aber hier warten, er mag es nicht, wenn man ihm auf die Nerven geht.«

Nickend lächle ich. Es könnte mir nichts gleichgültiger sein als die Frage, ob ich ihn nerven könnte. Deswegen gehe ich aus dem Haus und bin froh, dass die Musik mit jedem Schritt leiser wird. Vorsichtig bewege ich mich durch die Siedlung. In den anderen Häusern scheint kaum etwas los zu sein. Die meisten sind dunkel und je weiter ich mich entferne, desto ruhiger wird es. Die Sterne leuchten am Himmel und wenn ich nicht genau wüsste, wo ich mich gerade befinde, könnte man sich hier richtig wohlfühlen.

Einmal fährt ein Auto an mir vorbei, doch als ich den Hügel hinaufgehe, ist es ganz still. Auch hier stehen drei ähnliche Häuser wie unten, vielleicht etwas größer, und dann kommt ein Haus, welches alle anderen übertrifft, es ist doppelt so groß und luxuriös. Ich muss es mir nur von außen ansehen und weiß, dass das das Haus des Anführers ist. Allein die Garage daneben ist riesig und steht offen, ich zähle fünf Luxusautos in verschiedenen Farben. Leider ist auch das Haus dunkel, doch ich bilde mir ein, oben etwas zu sehen, ein Flackern, vielleicht ist Cama ja zu Hause geblieben und hat keine Lust auf die Party und sieht sich lieber etwas im Fernsehen an, wer weiß? Ich gehe zur Tür und klopfe laut. Nichts, hier gibt es keine Klingel. Verwirrt sehe ich mich um, welche Tür hat denn keine Klingel? Ich klopfe noch einmal und drücke die Türklinke hinunter und zu meiner Verwunderung geht sie auf, es ist nicht einmal abgeschlossen.

»Hallo?« Ich betrete das Haus und schalte das Licht ein. Jetzt bin ich eh schon zu weit gegangen, doch ich muss endlich diesen verdammten Cama finden. »Ist jemand hier?« Ich trete durch einen Flur in einen Wohnbereich und bleibe stehen.

Hier ist es genauso luxuriös eingerichtet wie in dem anderen Haus, eher etwas mehr von allem, noch mehr Marmor, mehr Goldverzierungen, doch nicht das lässt mich einhalten und leise auffluchen.

Ich blicke auf eines von mehreren Bildern, die über einem Kamin hängen.

»Verdammt, das ...«

Eines zeigt den Mann, der mich die ganze Zeit mit seinen dunklen Augen verfolgt und mir erzählt, Cama ist nicht da, mit einem jüngeren Mann, der ihm ähnlich sieht. Sie stehen zusammen in feinen Anzügen vor genau diesem Haus, in dem ich mich gerade befinde.

Genau die beiden stehen auch auf einem weiteren Bild inmitten vieler Männer, sie bilden die Mitte, sie sind die Anführer, das Haus hier gehört dem Anführer Cama.

Ein weiteres Bild zeigt ihn mit einer Frau, um die er den Arm gelegt hat und lächelt, genau das freche Lächeln, was er mir geschenkt hat.

Der Mann, der mich die ganze Zeit hingehalten hat, ist Cama Vélez.

Mein Herz beginnt zu rasen und bevor ich irgendwie reagieren kann, knallt hinter mir die Haustür zu und ich sehe in genau diese dunklen Augen, die mich wütend anfunkeln.

»Was zur Hölle denkst du, tust du hier?«

Kapitel 6

Ich sehe ihn entgeistert an, er ist mir gefolgt.

»Du bist Cama!«, stelle ich trocken fest. Der Mann, nein Cama, funkelt mich noch immer wütend an und deutet um sich herum. »Hast du den Verstand verloren, einfach hier reinzukommen und mich zu suchen?«

Einen Moment sehe ich wieder zu den Bildern, dann zu ihm. Der Blick, mit dem er mich betrachtet, würde sicherlich einige Menschen einknicken lassen. Nun brauche ich nichts mehr von seiner Macht zu hören, ich sehe sie, und doch ist es mir in diesem Moment vollkommen egal. Ich bin wütend. Was denkt sich dieser Kerl eigentlich, wer er ist?

»Hättest du mir einfach am ersten Tag gesagt, wer du bist, hätten wir uns das alles sparen können, wieso hast du mir das nicht gleich gesagt? Denkst du, ich habe nichts Besseres zu tun, als hier herumzulaufen und nach dir zu suchen? Dabei bist du schon die ganze Zeit vor mir!« Ich sollte mich zurückhalten, doch auch meine Stimme überschlägt sich, ich fasse es nicht. »Weil ich erst einmal gucken wollte, was du überhaupt willst, ich habe keine Zeit, mich mit allem zu beschäftigen, was die Leute von mir wollen, eigentlich hätte ich dich einfach weggeschickt. Doch ich fand dich interessant und mutig … ich dachte, wenn es wichtig ist, wirst du kommen, wenn nicht, kann es nicht wichtig gewesen sein.«

Er bricht ab und schüttelt ungläubig den Kopf. »Du bist hier übrigens gerade nicht in der Position, Fragen zu stellen. Ich hoffe, das ist dir bewusst.« Er lehnt sich gegen einen Tisch und sieht mir wieder in die Augen.

»Du wolltest … was, flirten? Eine weitere Frau, die an dir klebt? Das brauchst du nicht, glaub mir, wenn ich etwas gesehen habe die beiden Nächte, dann das. Ich bin wegen etwas Wichtigem hier und ich lasse mich nicht von irgendwelchen Flirtereien ablenken.«

Obwohl er wütend zu sein scheint, legt sich ein minimales Schmunzeln um seine Lippen. »Ich fand es amüsant zu sehen, wie du mit mir umgehst, wenn du nicht weißt, wer ich bin. Ich habe dich jetzt zweimal unterschätzt, ein weiteres Mal wird mir das nicht passieren, also was willst du?«

Das alles bringt mich so aus der Fassung, dass ich einen Moment durchatmen muss, doch dann wird mir wieder bewusster, dass ich jetzt die Chance habe, all das zu beenden.

»Weißt du, wie wütend mich all das macht? All das hier? Du lebst hier in dieser Villa, deine Möbel kosten so viel wie ein normaler Bauer in Puerto Rico vielleicht in zwei Jahren erarbeitet, und trotzdem habt ihr es noch nötig, sie um das wenige Geld zu bringen, was sie haben? Du willst wissen, wieso ich hier bin? Deswegen!«

Cama lehnt weiter gegen den Tisch, sieht mir in die Augen und zieht dabei seine Augenbrauen hoch.

»Ich habe das, was in Puerto Rico in den letzten Jahren alles passiert ist, nicht mitbekommen. Aber was ich sehr wohl mitbekommen habe, ist, dass mein Vater, obwohl er jeden Tag hart arbeitet, nie genug Geld hat, um sich etwas zu leisten. Das Höchste war mal ein Flugticket, um mich zu besuchen und jetzt weiß ich auch, wie viel ihn das gekostet haben muss. Ich bin seit ein paar Tagen zurück und erfahre, dass ihr alle paar Wochen durch die Dörfer und Städte fahrt und Geld von den Bauern eintreibt?«

Cama will etwas sagen, ich sehe, dass er mich jetzt wahrscheinlich in meine Schranken weisen will, ich weiß, dass ich mich weit hinauswage und doch will ich erst einmal alles gesagt haben, also hebe ich meine Hand.

»Ich kenne das hier nicht, Cama.«

Ich deute auf die Bilder hinter mir. »Ich verstehe nicht, was das darstellen soll, was ihr … seid. Wieso die Menschen solch eine Angst vor euch haben und das ist auch wahrscheinlich der Grund, wieso ich hier stehe, obwohl mir alle sagen, ich muss aufpassen und darf das nicht tun, weil es viel zu gefährlich ist. Ich habe keine Angst vor dir oder vor dem Vélez Cartel, wahrscheinlich, weil ich noch nicht von all euren Gräueltaten gehört habe. Dort wo ich aufgewachsen bin, seit ich Puerto Rico verlassen habe, nennt man das Gangster oder Verbrecher. Ihr seid einfach nur schamlose Gangster, die hier wilde Partys von dem Geld hart arbeitender Bauern feiern. Fühlt ihr euch dadurch stark? Verleiht euch das eure Macht, wenn ihr zurück in die Stadt fahrt und wisst, ihr habt den Menschen das Geld genommen, was sie vielleicht gebraucht hätten, um sich wichtige Medikamente zu besorgen? Aber hey … Hauptsache, Cama hat zwei Frauen im Pool, die ihn befriedigen.«

Langsam weicht das Wütende aus Camas Gesicht und allein diese Tatsache lässt mein Blut noch mehr kochen. Ihn scheint das nicht einmal zu treffen. Er versucht auch nicht mehr, mich zu unterbrechen, sondern lässt mich einfach weiterreden.

»Aber wie gesagt, ich kenne euch nicht. Ich habe keine Angst vor euch und auch wenn ich euch sicherlich nicht davon abhalten kann, all diese grausamen Dinge zu tun, so werde ich alles dafür tun, damit ihr aufhört, in unsere kleine Stadt zu kommen und die Menschen auszubeuten. Ihr könnt nicht mehr vom dem Geld der Bauern leben, ich werde das nicht mehr zulassen. Ich weiß, ihr seid die Vélez, ihr seid die Macht Puerto Ricos, aber ich werde mich gegen euch stellen. Ich habe vielleicht nicht die Macht dazu, und doch werde ich alles tun, um euch aufzuhalten. Wenn ich mich damit zu eurem Feind mache, in Ordnung. Wenn ihr denkt, es gibt keine Möglichkeiten euch zu schaden, dann lasst euch überraschen. Ich werde jemanden finden. Einen Polizisten, einen Anwalt, glaub mir, es wird immer jemanden geben, der sich auf meine Seite stellt. Vielleicht wird es dauern, doch ich werde das nicht mehr zulassen.«

Ich atme durch.

Das war viel und garantiert auch durcheinander. Eigentlich wollte ich erst nett darum bitten, dass sie von alleine aufhören, doch ich bezweifle, dass sie das tun werden. Ich schiebe mir meine Haare hinter die Ohren und sehe Cama herausfordernd an. Man erkennt keinerlei Regung in seinem Gesicht. Also hebe ich noch einmal die Hand.

»Vielleicht lasst ihr es aber auch so einfach sein.«

Jetzt bewegt er sich endlich wieder. Er stellt sich aufrecht hin und kommt auf mich zu. Okay, der Mut von eben gleitet einen Moment aus meinen Gliedern, doch ich weiche nicht zurück und sehe ihm entgegen. Wenn er so nah vor mir steht, ist er knapp einen Kopf größer und ich müsste lügen, wenn mich sein Auftreten nicht beeindrucken würde, doch … er hebt seine Hand und ich halte die Luft an, aber er greift an mir vorbei und zieht einen Stuhl zu mir.

»Setz dich.«

Ich bleibe stehen und verschränke die Arme vor der Brust. »Ich stehe lieber!«

Cama hält ein und sieht mir in die Augen. »Gibst du eigentlich auch irgendwann mal keine Widerworte?« Ich unterbreche den Blickkontakt nicht. »Selten.« Cama nickt nur und geht an mir vorbei zu einem Kühlschrank, der in der Couch eingebaut ist, er zieht zwei Dosen Limonade heraus und reicht mir eine.

»Bei so scharfen Worten aus deinem Mund wirst du sicher Durst haben. Also, ich muss sagen, ich fand deine Ansprache ja ganz nett …« Er reicht mir die Dose, und nur damit er weiterredet, nehme ich sie.

»Was heißt nett. Ich bin beeindruckt. Das muss man zugeben, ich kenne kaum jemanden, der es wagt, irgendeine Art von Forderung an uns zu stellen und du kommst hier rein, stellst dich vor mich und bietest mir die Stirn. Allein deswegen gebe ich dir eine Antwort, ansonsten würdest du jetzt schon wieder in deinem Auto auf dem Weg nach Hause sitzen.«

Ich hebe die Augenbrauen und will etwas sagen, doch er deutet mir zu schweigen. »Das hat mir gefallen, wirklich, besonders der Teil, was für Gangster wir sind und dass du nun aus den USA gekommen bist, um wie Robin Hood die Armen und Alten zu schützen. Und so gerne ich sehen würde, was du tatsächlich denkst, gegen uns ausrichten zu können, muss ich dich leider enttäuschen. Wir sind das nicht.«

Die Frage, woher er Robin Hood kennt, entgleitet mir und dieses Mal lege ich meinen Kopf schief. »Was soll das heißen, ihr seid das nicht? Das ist … natürlich seid ihr das!«

Cama trinkt einen Schluck und schüttelt den Kopf. »Nein. Wir wissen davon, dass sich irgendwelche Kleingauner regelmäßig aufmachen und das behaupten, um Geld einzusammeln, doch wir sind das nicht. Auch wenn mich dein Auftritt beeindruckt hat, hätte ich trotzdem noch nicht Angst genug vor dir, um dir das nicht zu sagen, wenn wir es wären. Wir sind keine kleinen Gangster, Solana. Wir sind tatsächlich gefährlich. Wir geben uns nicht mit solchen Dingen ab. Es tut mir leid mit deinem Vater, wir bekommen wie gesagt immer wieder solche Rückmeldungen, aber wir nehmen kein Geld von Bauern. Wie du es sagst, du kennst uns nicht, du kennst mich nicht. Hättest du einfach mal gefragt, wüsstest du das, aber es ist nett, wie voreingenommen du bist und was für ein Bild du von uns hast. Also, so beeindruckt ich auch bin, du bist hier an der falschen Adresse.«

Einen Moment lasse ich seine Worte verklingen ...

»Aber ... wer ist das dann? Was heißt das, ihr wisst davon? Ihr lasst es zu? Die Leute denken, ihr seid das, ich meine, das kann doch nicht in eurem Sinne sein?«

Er schüttelt den Kopf, hier unten brennt kaum Licht und doch erkenne ich, wie dunkel seine Augen mich anfunkeln. Auch wenn er noch so entspannt tut, sehe ich, dass er wütend ist.

»Ist es nicht, aber wie gesagt, wir haben keine Zeit, uns darum zu kümmern. Wenn wir gefragt werden, sagen wir, dass wir das nicht sind, aber wir haben keine Zeit, jeden Kleingangster aufzusuchen und zu stoppen, davon gibt es zu viele. Wenn die Leute aufhören würden, den Gerüchten zu glauben und einfach mal selbst nachforschen würden, was wir tun, wüssten sie, dass wir so etwas nie getan haben und nie tun werden.«

Cama leert die Dose und ich spüre, wie meine Wand, die ich über meine Emotionen gelegt habe, zu bröckeln beginnt. All das hier war umsonst?

»Aber wenn ihr das doch wisst, wieso verhindert ihr es nicht wenigstens? Ich meine …«

Meine Stimme wird brüchiger, ich muss hier raus, ich war die ganze Zeit auf dem falschen Weg.

»Weil das nicht unsere Aufgabe ist, du hast doch gerade noch von deiner tollen Zusammenarbeit mit Polizisten und Anwälten geschwärmt, vielleicht hilft dir das weiter, wir hier haben damit nichts zu tun.«

Er sieht mir in die Augen.

Ich sehe, dass er noch etwas sagen will, doch ich wende mich ab. Die Enttäuschung, dass ich auf dem falschen Weg bin, übermannt mich.

»Okay, dann entschuldige, dass ich deine Zeit in Anspruch genommen habe und dass ich dachte … nein, dafür entschuldige ich mich nicht, wie du es sagst, ihr seid trotzdem Gangster.«

Ich höre nur sein leises raues Lachen.

Als ich schon fast aus der Tür raus bin, kommt eine halbnackte Frau von oben und sieht verschlafen die Treppen herunter.

»Cama, bist du schon zurück?«

Ich schüttle den Kopf, dieser Mann ist unglaublich. Ich will nur noch weg hier, doch da höre ich noch einmal seine dunkle Stimme.

»Solana … und nur weil sie nicht ganz so gefährlich sind wie wir, bedeutet es nicht, dass sie nicht gefährlich sind. Ich hatte Geduld mit dir, das wird nicht jeder haben. Pass auf dich auf.«

Statt einer Antwort knalle ich die Tür zu und gehe so schnell ich kann aus diesem verdammten Vélez-Gebiet mit dem Wissen, dass ich kein Stück weitergekommen bin.

Kapitel 7

»Und hier ist der Teil, der bisher noch nicht verplant ist.«

So gut es geht folge ich Titus auf dem sandigen Weg.

Seit zwei Wochen arbeite ich jetzt unter ihm in dem ange-sagtesten Architektenbüro San Juans. Die erste Woche habe ich mich einleben können, habe alle im Büro kennengelernt und mir wurden neben dem großen Projekt zwei kleine vorge-stellt, um die ich mich in den ersten Wochen kümmern werde.

Mit mir arbeiten Titus, der Inhaber, seine Cousine Tamara, die ich bisher nur sehr selten gesehen habe, Pablo und Carina im Büro. Sie sind alle sehr nett und auch die beiden kleinen Projekte gefallen mir.

In dem einen geht es um einen von der Stadt finanzierten Umbau einer Kirche, die eine separate Kapelle im Kirchgarten bekommen soll, die man Tag und Nacht zum Beten betreten kann, und im anderen Projekt geht es um eine Boutique, deren Besitzer gerne die leergewordene Wohnung über ihrem Laden mitnutzen und umbauen würden.

Letzte Woche habe ich beide Orte besucht und mir angesehen, was machbar ist und was nicht, ich erstelle nun die ersten Pläne und werde sie mit allen besprechen, doch heute sind wir bei dem großen Projekt, worum wir uns alle kümmern.

Hierauf habe ich mich beworben und dank meiner Ideen habe ich die Stelle bekommen, sodass es sich fast so anfühlt, als wäre das mein Projekt. Was es natürlich nicht ist, wir alle arbeiten daran, es ist ein großes Projekt, hier sollen sechs Apartmenthäuser entstehen, ein Gemeinschaftspool, eine kleine neue Einkaufsstraße und alles, was dazugehört.

Die Idee für dieses Projekt ist ganz besonders, ich bin richtig aufgeregt, jetzt hier auf dem noch unbebauten Boden zu stehen, es soll bald losgehen, wir befinden uns gerade in der heißen Phase und ich bin dankbar, dabei sein zu können.

Carina klopft mit ihrem Stift an ihre perfekt in rot geschminkten Lippen. »Wie wäre es, wenn man noch etwas in dem Bereich Wellness einarbeiten würde? Der Pool ist gut, aber man könnte hier einen Bereich für Saunen oder ein kleines Spa bauen.«

84

Unruhig knabbere ich auf meiner Unterlippe. Ich muss mich hier an einiges gewöhnen. Wir müssen jeden Tag perfekt gestylt sein. Wir müssen jeden Tag Röcke, Blazer und Tops oder Blusen tragen. Carina hat ihre etwas gekürzt und unterstreicht ihr Outfit mit auffallendem Schmuck. Ich mache mich gerne zurecht, doch das jeden Tag machen zu müssen, ist eine Umstellung zum Leben an der Universität. Auch schaffe ich es nicht mehr sehr oft zu meinem Vater. Ich war am Wochenende bei ihm und habe gemerkt, dass ich diese verdammten Gangster verpasst habe, nun weiß ich, wann sie kommen und das nächste Mal werde ich da sein. Doch all das nimmt mehr Zeit in Anspruch als ich gedacht habe. Es gibt Tage, da falle ich müde ins Bett und schaffe es noch nicht einmal, auf Nachrichten zu antworten.

Außerdem halte ich mich auch noch ein wenig zurück. Ich bin neu, ich will mich nicht zu sehr in den Vordergrund drängen, auch wenn das Projekt fast vollständig von mir entworfen wurde. Auch jetzt kitzelt es mich in den Fingern, doch ich warte ab, ob einer der anderen etwas sagen will.

Heute ist es besonders heiß und schwül. Noch immer habe ich mich nicht ganz an das Wetter hier gewöhnt, als ich ein Kind war, ist mir das nicht so schwergefallen.

Es ist später Nachmittag und ich will eigentlich nur noch nach Hause und duschen, doch dieses Projekt fesselt mich wirklich. Ich trage einen beigen Rock und ein weißes Top, mein Sakko habe ich im Auto gelassen und meine Haare zu einem festen Dutt nach hinten gebunden.

Titus schreibt sich etwas auf und sieht dann zu mir. Ein Lächeln legt sich um seine Lippen. Er ist ein attraktiver Mann und er scheint meine Arbeit wirklich zu schätzen.

»Was denkst du, Solana?« Ich sehe auf die große unverbaute Fläche, auf der wir stehen. »Die Idee von Carina ist gut, doch man könnte die Fläche auch für die Gemeinschaft nutzen, so wie das Projekt angelegt ist. Sie liegt nachmittags im Schatten, wie man sieht, und die Erde ist eine der besten, um Sachen anzubauen. Wieso keinen Gemeinschaftsgarten? Entweder können alle zusammen Gemüse und Obst anbauen, das man dann aufteilt, oder man teilt die Fläche auf und jeder hat einen Teil, den er zum Anbauen nutzen kann.«

Titus lächelt und nickt. »Das ist ein guter Gedanke, so würde das Land sinnvoll genutzt werden. Wir haben morgen noch Termine mit der Stadtverwaltung, um über die Finanzierung wegen der Nützlichkeit des Projektes zu sprechen und den damit verbundenen Förderungen, mal sehen, was sie dazu sagen. Die Bank kommt bald zur Besichtigung und die Genehmigung von … oh, da sind sie ja schon.«

In diesem Moment fahren zwei schwarze große Autos vor. Absolute Luxusautos.

»Ist das jemand aus einer der Behörden, von denen wir noch die letzten Genehmigungen brauchen?« Carina rückt ihren Rock zurecht, während wir Titus folgen, der zu den Autos geht. Sie richtet ihre Haare und lächelt.

»Nein, das ist das Vélez-Cartel. Große Projekte in San Juan müssen immer von ihnen abgesegnet werden, es geht dabei auch um Schutz und Sicherheit und dass man sich mit ihren

Plänen nicht in die Quere kommt. Freies Land geht meistens an sie, zumindest in diesen Größenordnungen, wenn man es für etwas Staatliches braucht, muss man ihr Einverständnis haben.«

Ich bleibe stehen.

Das ist nicht ihr ... Oh nein. Ich sehe zu den Autos. Der Mann mit den grünen Augen steigt aus, genau wie drei weitere und ganz zum Schluss Cama. Trotz seiner Sonnenbrille und seinem heute sehr sportlichen Outfit erkenne ich ihn sofort und mein Magen rebelliert.

Das darf nicht wahr sein.

Da ich stehengeblieben bin, bin ich ganz hinten.

Wie viel Pech kann man haben?

Ich bin davon ausgegangen, dass ich diese Leute nie wiedersehen muss, schon gar nicht ihren eingebildeten, selbstgerechten Anführer.

Sofort muss ich an die verwunderten Gesichter meines Vaters und von Marisol denken, als ich ihnen erklärt habe, dass nicht das Vélez Cartel diese Raubtouren durchführt, sondern irgendwelche andere Kleinkriminelle. Sie waren wirklich verwundert, doch am Ende haben sie gesagt, dass es auch egal ist. Wenn sie eine Waffe vorgehalten bekommen, zahlen sie, egal welchen Namen diese Bande trägt.

Natürlich haben sie recht, ich werde mich darum kümmern, doch sie hier habe ich für mich komplett abgeschrieben. Ich sehe mich um. Verdammt, hier ist nichts, wohin ich mal für ein paar Minuten verschwinden könnte, ich stelle mich hinter Titus, doch da bewegt er sich und geht strahlend auf die Männer zu.

Cama und seine Männer sehen sich um, dabei streift natürlich sein Blick auch mich und er setzt die Sonnenbrille ab. Ein überraschtes Lächeln zeigt sich auf seinen Lippen und auch der Mann mit den grünen Augen sieht mich an. »Sieh an, wer da ist.« Am liebsten würde ich die Augen verdrehen, ich sehe zu Cama und unsere Blicke kreuzen sich, bis Titus bei ihm ist und ihm die Hand reicht.

»Cama, wie gut, dass ihr es einrichten konntet. Es geht auch ganz schnell. Wie ich es Salvo schon eingereicht habe, geht es um das Grundstück, was für einen großen Wohnkomplex verplant ist.«

Ich halte mich weiter im Hintergrund. So weit geht die Macht des Vélez Cartels?

»Was genau passiert jetzt?« Ich stehe wieder neben Carina, die in Richtung der Männer lächelt. »Das geht meistens ganz schnell, es ist eher der Form halber. Bisher haben die Vélez alle Flächen, die wirklich gebraucht wurden, freigegeben, trotzdem muss man sie fragen und hey, denkst du nicht, dass sie eine kleine Atempause wert sind? Dieser Cama ist zu heiß, er besucht auch den gleichen Club, in den wir oft nach der Arbeit hingehen und ich bin mir sicher, dass ich ihn mir eines Tages noch schnappen werde. Denkst du nicht, dass er heiß ist? Sieh ihn dir doch mal an.«

Genervt stecke ich mir meinen Notizblock wieder ein und schenke den Männern an den Autos keinen weiteren Blick mehr. »Ich stehe nicht auf Kriminelle.« Carina lacht auf. In diesem Moment kommt Titus mit Cama und dem Mann mit den grünen Augen und einem weiteren Mann zu unserer Gruppe. Ich kann nur hoffen, dass er gegenüber Titus nichts davon erwähnt, dass ich mich in sein Haus geschlichen und … Gott, ich wollte das alles doch einfach nur verdrängen, es hat so gut geklappt.

»Also um ehrlich zu sein, Titus, bin ich mir dieses Mal nicht so sicher … irgendetwas hat sich verändert.« Ich habe nicht alles mitbekommen, was die beiden besprechen, doch bei den letzten Worten sieht er zu mir und legt den Kopf schief. Er wird doch nicht … ich spüre, wie sich meine Augen verengen, woraufhin sich ein noch zufriedeneres Lächeln auf seine Lippen setzt.

Carina hat recht. Er ist ein bildschöner Mann, sie alle können ihm hinterherlaufen und auf eine Chance hoffen, doch ich möchte einfach genau hier und jetzt unsichtbar sein und mich in Luft auflösen. Ich sehe ihm an, dass er mich für das, was vor knapp zwei Wochen war, bluten lassen will.

»Bisher war das doch auch nie ein Problem, ich versichere dir, dass wir uns um alles kümmern. Du kennst mein Team bereits, Cama. Wir haben jemand Neues, Solana. Sie hat in Michigan studiert und ist ein fester Teil dieses Projektes …«

Cama sieht mir in die Augen. »Hat sie das? Das hätte ich nicht gedacht.« Okay, er will sich rächen, ich versuche ruhig zu bleiben und ihn ein einigermaßen nettes Lächeln zu schenken, was mir in diesem Moment wirklich schwerfällt. Ich spüre, wie sein Blick über meine Beine zu meinem Gesicht gleitet.

»Ja, sie ist fantastisch ...« Titus sieht zu mir, sein Lächeln, was er mir schenkt, ist ehrlich und als ich wieder zu Cama blicke, sieht er zwischen Titus und mir hin und her und hebt die Augenbrauen. »Das glaube ich dir, trotzdem will ich mir das Grundstück ansehen.«

Der Mann mit den grünen Augen und der andere Mann sehen verwundert zu Cama, doch Titus winkt sie gleich weiter. »Natürlich, wie gesagt, hier werden mehrere Mehrfamilienhäuser entstehen ...« Ich lasse alle vorgehen, dabei fällt mir auf, dass der Mann neben dem Mann mit den grünen Augen Cairo ist, der Bruder von Cama, den ich mit ihm zusammen auf den Bildern in seinem Haus gesehen habe.

Am liebsten würde ich ganz zurückbleiben, doch das wäre zu auffällig, also folge ich den anderen langsam, und statt sich das Grundstück anzusehen, wie er es wollte, überlässt Cama das den anderen beiden Männern und lässt sich ebenso zurückfallen, bis er neben mir läuft.

»Wenn das mal keine Überraschung ist, ich dachte, nach deinem unvergesslichen Auftritt in meinem Haus sehe ich dich nie wieder.«

Wieder muss ich aufpassen, wohin ich laufe. »Das hatte ich auch gehofft.« Cama lacht leise auf und sieht mir in die Augen. Er trägt ein einfaches weißes Shirt und eine schwarze Shorts, dazu weiße Sneakers, sehr lässig und doch verfehlt sein Auftritt nicht seine Wirkung. Man spürt und sieht seine Macht, selbst wenn ich gerade nicht mit eigenen Augen Zeuge davon werden würde und selbst wenn ich seine Waffe ignorieren würde, die in seinem hinteren Hosenbund steckt.

»Dein Chef steht auf dich, das ist nicht zu übersehen. Hast du deswegen den Job bekommen?« Nun bleibe ich stehen und sehe ihn fassungslos an. »Ich weiß, du kennst das nicht anders, aber es soll vorkommen, dass Frauen auch ohne den Einsatz ihres Körpers und Aussehen etwas erreichen, einfach weil sie es können. Ich liebe meine Arbeit und ich habe viele Wochen in dieses Projekt gesteckt, also mag sein, dass er auf mich steht, doch den Job habe ich, weil ich weiß, was ich tue. Es gibt auch Frauen, die ohne den Einsatz ihrer weiblichen Reize etwas erreichen, nicht in deiner Welt, aber es gibt sie.«

Sein raues Lachen durchfährt meinen Körper. Er will etwas sagen, doch ich komme einen Moment ins Straucheln, als wir auf eine noch unebenere Fläche treten und Cama mir seinen Arm hinhält, an dem ich mich festhalte. Ich lasse sofort wieder los, er sieht mir erneut in die Augen und ich sehe schon die nächste freche Bemerkung, doch da klingelt sein Handy. Er zieht es aus seiner Shorts-Tasche, blickt drauf und bleibt stehen.

»Das ist nett, Titus ...«

Ich ... dieser Mann ist unfassbar, er hat mich die ganze Zeit in den Wahnsinn getrieben und nicht eine Sekunde damit verbracht, sich das Grundstück anzusehen. »Aber wir müssen los, ich überlege es mir und melde mich.«

Er sieht zu seinem Bruder und dem anderen Mann, denen das scheinbar nur recht ist.

»Ich schätze, man sieht sich, Solana.«

Noch einmal sieht er mir in die Augen, wendet sich ab und keine Minute später fahren die beiden schwarzen Autos weg. Sie wirbeln dabei so viel Staub auf, dass besonders ich, die ja ganz weit hinter den anderen steht, Sand abbekomme und frustriert die Augen schließe.

Wieso passiert mir das alles?

Kapitel 8

»Das sieht doch gut aus, Donnerstag helfe ich dir wieder. Soll ich dir etwas zum Essen mitbringen?«

Es ist noch recht früh am Morgen und da der Wochenmarkt, auf dem mein Vater zweimal die Woche ist, nicht allzu weit von meinem Büro entfernt liegt, bin ich vor der Arbeit schnell bei ihm vorbeigefahren.

Er hat gestern Sträuße gebunden, sie sind wunderschön, noch nicht ganz perfekt, doch ich werde am Freitag noch einmal zu ihm fahren und ihm helfen. Er hat sogar Snow dabei. Der süße Welpe verlässt seine Seite nicht mehr und mein

Vater kümmert sich um ihn, als wäre er immer dabei gewesen. Gerade schläft er auf einer weichen Decke in einem der leeren Obstkörbe, eine angeknabberte Möhre liegt neben ihm.

»Du musst dir nicht so viele Gedanken machen, es ist wichtig, dass du dich um deine Arbeit kümmerst, läuft alles gut?«

Mein Vater sieht auf meinen Dienstwagen, der am Ende der Straße geparkt ist. Ihn macht es ganz nervös, dass ich so viel verdiene, dass ich die Wohnung habe und das Auto. Er denkt, dafür sollte ich nun rund um die Uhr arbeiten. Ich werde ihn ab jetzt unterstützen, und da er mich schon angemeckert hat, als ich nur davon angefangen habe, habe ich die Wasserwerke und Stromkonzerne angerufen und dafür gesorgt, dass sein Wasser und sein Strom ab jetzt von meinem Konto abgebucht werden. Außerdem werde ich seinen Kühlschrank bei meinen Besuchen füllen. Es ist nicht das, was ich eigentlich alles für ihn tun wollte, doch mehr lässt er nicht zu.

»Es läuft gut, Papa, sie sind sehr zufrieden. Den einen Auftrag, der an der Kirche, habe ich so gut gelöst, dass ich schon das Bauunternehmen bestellen konnte. Es sind alle sehr zufrieden.«

Mein Vater nickt und bereitet einen Beutel Orangen für eine wartende Kundin vor. Langsam muss ich los, ich beuge mich zu Snow, nehme mir einen Strauß Blumen für mein Büro und gebe meinem Vater einen Kuss. »Ich komme dann Freitag zu dir, wenn etwas ist, sag Bescheid.«

Mein Vater nimmt das Geld der Kundin entgegen und schnappt sich den nächsten Beutel. Er legt mehrere Drachenfrüchte und Mangos hinein und reicht sie mir.

»Iss mehr Früchte, nicht dieses Zeug, was Reiche essen.« Ich gebe meinem Vater einen Kuss und lache. »Was essen die Reichen denn so? Außerdem ist keiner, mit denen ich arbeite, reich, Papa, reich sind meistens die, für die wir die Aufträge ausführen.« Mein Vater drückt mir noch zwei Orangen in die Hand. »Kaviar, diese ganzen kleinen Mahlzeiten, bleib bei dem, was du kennst. Ich werde am Freitag meinen Eintopf kochen, dann weiß ich, dass du genug Gemüse gegessen hast.

Die Kundin, die noch ihre Ware in ihren kleinen Einkaufswagenroller packt, lacht auf. »Väter, sie hören nie auf, sich zu sorgen ...« Mein Vater nickt. »Nein, das können wir nicht. Sehen Sie sie an, ich weiß, dass sie erwachsen ist, aber sie bleibt meine kleine ...«

Ich hebe lachend die Hand und gehe schnell zum Auto, die beiden hören gar nicht mehr auf, sich über viel zu schnell großwerdende Töchter zu unterhalten.

Auch wenn mein Vater das vielleicht so nicht zeigt, ist er gerade glücklich. Marisol sagt mir das auch immer wieder. Es hat sich innerhalb weniger Wochen alles geändert. Er hat Snow und mich, die ihm ständig auf die Nerven geht und das lässt ihn wieder aufblühen.

Im Büro ist noch nicht viel los, Pablo und Carina sind schon in ihre Arbeit vertieft und Titus ist mit seiner Cousine Tamara unterwegs, die heute mal da ist. Ich verteile die Früchte, stelle die Blumen in mein Büro und frage nach, was mit dem großen Projekt ist. Pablo erklärt mir, dass es noch keine Rückmeldung des Vélez Cartels gibt und wir darauf warten müssen. Ich kann es nicht fassen, jeder hier findet es ganz normal, dass wir auf die Zustimmung von ein paar Gangstern warten.

Ich versuche, mir nicht weiter Gedanken darüber zu machen, doch ich musste die ganze Zeit daran denken. An Cama, an die Macht, die er hat und die er zu genießen scheint und dass ich nicht weiß, ob ich mich jemals daran gewöhnen kann, so etwas als ganz normal anzusehen.

Da ich gerade eh nichts daran ändern kann, setze ich mich an meine Arbeit.

Ich kümmere ich um das Projekt mit der umgebauten Wohnung für die Boutique, ich habe heute die Zusage der Hausgesellschaft bekommen und fahre direkt in die Boutique, um mit ihnen ihre Wünsche und Vorstellungen zu besprechen und dann die Pläne und Kosten zu erstellen und zu ermitteln. Wir essen zusammen und das Ganze zieht sich so lange hin, dass ich erst am Abend noch einmal ins Büro komme. Das passiert allerdings häufiger und als ich dort ankomme, um meine restlichen Unterlagen für zuhause zu holen, sind alle da und holen gerade Champagner aus der Büroküche.

»Da ist sie ja! Du weißt noch gar nichts von deinem Glück. Wir haben gerade einen Anruf bekommen. Die Kirche ist mit deinen Plänen so zufrieden, dass sie uns auch einige Umbauten in den unteren Kellergängen machen lassen wollen. Du hast ja keine Ahnung, was für eine halbe Stadt da unten ist und diese Räume sollen jetzt genutzt werden und sie wollen dich dafür. Hier ...« Tamara, die ich nur ab und zu sehe, die mir aber sehr sympathisch ist, gibt mir ein Glas Champagner in die Hand und legt den Arm um mich. »Wir wussten, was für ein Juwel wir uns ins Boot geholt haben und jetzt merken es auch alle anderen langsam. Auf unsere Solana und dass wir noch ganz viel erreichen werden.«

Auch wenn ich überrascht und überrumpelt bin, stoße ich an und lasse mich von allen umarmen.

Eine Sache, die ich hier sehr schätze, ist, dass wir wirklich wie eine Einheit denken, jeder gönnt dem anderen seinen Erfolg und wir alle freuen uns zusammen.

»Ich denke, der Tag schreit nach ein paar Cocktails im Onel, was denkt ihr? Kennst du den Club, Solana?« Sofort kommen mir Camas dunkle Augen in Gedanken und wie er mich dort hereingelegt hat.

»Ja, ich war einmal da.« Carina ist ganz begeistert von der Idee, noch feiern zu gehen, ich weniger. »Aber du warst niemals mit uns da. Komm mit, ich hab für solche Fälle immer ein wenig Schminke im Büro ...« Sie zieht mich mit in ihr Büro während die anderen noch an ihrem Champagner nippen. »Eigentlich ... ich bin nicht so ein Clubgänger und ...« Carina ignoriert meinen Protest. »Glaub mir, du wirst es genießen, es bringt Unglück, wenn man neue Aufträge nicht feiert ...« Als ob... Ich sehe mir trotzdem an, was sie hat.

Nach nur wenigen Minuten hat sie mich so weit. Was soll's, keiner weiß, ob überhaupt jemand vom Vélez Cartel da ist, und auch wenn. Offensichtlich muss ich mich an den Gedanken gewöhnen, dass man sie hier in San Juan überall trifft, ich muss einfach nur lernen, das zu ignorieren.

Nicht mal eine Stunde später halten wir alle unsere Karten dem Sicherheitspersonal des Onel entgegen. Ich habe heute einen engen schwarzen Rock und ein schwarzes Top an und habe mich noch einmal frisch gemacht. Meine geglätteten Haare trage ich zu einem strengen Zopf nach hinten, als Schmuck trage ich einige goldene Armbänder und Creolen und meine Wimpern und meine Augen stechen fast genauso stark heraus wie mein roter Lippenstift. Carina hat ihn mir ausgeliehen, diese Farbe sollte verboten werden, so sündhaft sieht sie aus.

Es ist bereits voll im Club, ich hatte gehofft, wir gehen direkt auf die Tanzfläche, doch Pablo legt den Arm um mich und Titus verschafft uns Platz, bis wir zu den Treppen zum VIP-Bereich kommen. Es ist zu voll und zu laut, um etwas dagegen zu sagen, doch ich ahne schon, dass die Idee mitzukommen nicht die beste war.

Der Sicherheitsmann vor dem VIP-Bereich lässt uns durch, er scheint Titus zu kennen. Sobald wir oben sind, ist es nicht mehr ganz so unangenehm laut. Ich sehe ganz bewusst nicht zu dem Tisch, an dem ich letztens das Vélez Cartel vorgefunden habe, doch ich spüre sofort einen stechenden Blick auf mir. Titus und Tamara gehen auch gleich in die Richtung. Pablo hat aber noch immer den Arm um mich gelegt und mit ihm und Carina gehe ich direkt zu einem Tisch weiter hinten. Wir bestellen Cocktails und zwei Platten mit Häppchen. Titus hat uns alle eingeladen.

Als dann Titus und Tamara kommen, stoßen wir noch einmal an.

Immer wieder spüre ich einen Blick auf mir, doch ich zwinge mich, nicht in diese Richtung zu sehen, so sehr es mich auch reizen würde, und je länger ich dort sitze, mich unterhalte und lache, desto mehr spüre ich dieses aufgeregte Kribbeln im Bauch. Es reizt mich tatsächlich, doch ich kenne meine Grenzen und halte mich an die, die ich mir selbst auferlegt habe.

Als wir dann aber zusammen mit Pablo und Carina an dem Tisch vorbeigehen, um zur Tanzfläche nach unten zu kommen, wage ich doch einen Blick und treffe sofort auf Camas dunkle Augen. Er hat eine dunkelhaarige Frau im Arm, die ihm gerade etwas zuflüstert. Es ist viel voller als beim letzten Mal an dem Tisch, mein Blick gleitet über die vielen Waffen auf dem Tisch und wieder zu Cama, der mir zunickt. Ich nicke ihm ebenfalls zu und wende meinen Blick sofort wieder ab.

Mehr Beachtung hat er nicht verdient.

Jedes Mal wenn ich diesen Mann sehe, hängt eine neue Frau an seinem Hals, das muss doch furchtbar anstrengend sein. Kein Wunder, dass sein Ego diesen ganzen Club ausfüllt. Wieder schiebe ich die Gedanken an Cama beiseite, wir drängen uns auf die übervolle Tanzfläche und die nächsten zwei Stunden habe ich mal wieder richtig Spaß. Ich spüre jeden Tag mehr, dass ich mit Pablo und Carina nicht nur neue Arbeitskollegen gefunden habe. Es macht wirklich Spaß mit ihnen, wir haben denselben Humor und offenbar denselben Musikgeschmack.

Erst nach über zwei Stunden verlassen wir die Tanzfläche wieder. Der Club ist schon wieder viel leerer, da es ja auch mitten in der Woche ist. Pablo und Carina haben ihre Taschen umgebunden und gehen direkt von unten los. Jeder ist mit seinem Auto hier, also ist es kein Problem.

Ich gehe noch schnell nach oben, um meine Tasche zu holen und Titus und Tamara Bescheid zu geben.

Schon auf den Treppen denke ich darüber nach, ob Cama überhaupt noch da ist. Sobald ich oben ankomme, treffe ich auf seine dunklen Augen, dieses Mal sitzt er mit vier Männern zusammen, sie besprechen etwas, sonst ist niemand mehr am Tisch, und auch wenn er gerade in ein Gespräch vertieft ist, sieht er hoch und unsere Augen treffen sich.

Bevor ich meine Tasche hole, gehe ich noch auf die Toilette. Die Frau, die vorhin halb auf Camas Schoß saß, kommt in diesem Moment raus und rennt mich fast um. Sie zieht nur verächtlich ihre Nase hoch und ich schüttle den Kopf. Ich liebe Cama und seine Leute.

Erst als ich die Ruhe in diesem Raum genieße und dann meine Hände wasche, wird mir bewusst, dass ich die ganze Zeit an Cama denke. Auch wenn ich meist negative Gedanken habe, denke ich viel zu viel an ihn, schon wieder in diesem Moment. Ich kühle meinen Nacken mit Wasser und schüttle den Kopf. Das muss dringend aufhören.

Deswegen sehe ich nicht noch einmal zu dem Tisch, sondern gehe direkt in unsere Ecke, wo Titus und Tamara zusammensitzen und sich über einiges aus ihrer Familie unterhalten. Ich sage Bescheid, dass die anderen weg sind und ich auch gehe, verabschiede mich von beiden mit einer Umarmung und nehme meine Tasche.

Auf dem Weg zu den Treppen muss ich an der Bar vorbei, an der Cama jetzt steht. Er scheint gerade etwas bezahlt zu haben. Ich will einfach an ihm vorbei, doch er wendet sich zu mir um und lächelt. »Mario, mach uns noch zwei Gläser, ich habe gehört, die hübsche Frau hier hat heute etwas zu feiern.«

Ich lege den Kopf schief, nehme aber das Glas Champagner an, was der Barmann Cama gibt und er mir hinhält. Meine Tasche lege ich auf die Bar, doch ich zögere, mich zu ihm zu setzen.

»Du wirst doch nachdem du bei mir eingebrochen bist, nicht auch noch einen Drink von mir abschlagen.« Wieder liegt dieses freche Schmunzeln um seine schön geschwungenen Lippen. Also setze ich mich einen Moment zu ihm an die Bar. Es gibt keinen Grund, unhöflich zu sein.

»Mir wurde jetzt so einiges von dir erzählt, deinen Hang zur Dramatik hatte bisher keiner erwähnt. Aber danke. Was hast du denn genau gehört?« Sobald ich mich neben ihn an die Bar gesetzt habe, wird mir bei dieser Nähe seine anziehende Präsenz wieder zu deutlich.

Er ist ein hübscher Mann, das kann man nicht abstreiten. Die Frage, ob die Frauen wegen seiner Macht oder seines Aussehens bei ihm sind, spielt wahrscheinlich keine Rolle, beides zusammen ist die gefährliche Mischung. Sein anziehender Duft wirbelt zwischen uns und ich ermahne mich, mich zu konzentrieren, als wir uns einander zuwenden.

»Mir wurde erzählt, dass dein Büro einen großen neuen Auftrag nur durch dein Talent bekommen hat. Du bist offenbar ein Juwel und sie sind glücklich, dich zu haben.« Ich wünschte, Titus hätte diese Worte nicht auch genauso vor Cama wiederholt. Mein Blick gleitet an ihm vorbei zu dem Tisch, an dem er gerade noch saß, dort wartet wieder die Frau und tötet mich mit ihren Blicken.

»Ja, es soll Frauen geben, die wirklich etwas tun, was sie lieben und dabei auch noch Erfolg haben. Wir verdienen sogar unser eigenes Geld und sind nicht auf Männer angewiesen. Also zumindest gibt es diese Frau hier in dieser realen Welt in deiner ...« Ich deute nach hinten und Cama lacht leise. Wir beide trinken einen Schluck. »Das weiß ich, dass es die gibt, du solltest mich nicht an dem messen, mit dem ich mich umgebe, wenn ich ein wenig abschalten möchte. In meiner Position muss es manchmal leicht und schnell sein, für alles andere bleibt keine Zeit.«

Ich kneife die Augen zusammen und muss lächeln. »Autsch, das war ehrlich, ich hoffe, die Frauen wissen das auch.« Cama sieht mir weiter in die Augen. Einen Moment habe ich das Gefühl, dass er mich mit einer Mischung aus Neugier und Faszination betrachtet, doch ich erinnere mich wieder, einen klaren Kopf zu behalten.

»Ich bin immer ehrlich ...« Ich will meinen Finger heben, um zu widersprechen, da kommt er mit zuvor. »Bei dir habe ich nur nicht gleich gesagt, wer ich bin, weil ich sehen wollte, wer du bist.« Wieder sehr ehrlich, ich atme aus und nehme noch einen Schluck. Ich war noch nie um eine Antwort verlegen, aber bei Cama komme selbst ich ab und zu mal ins Straucheln. Ich nehme einen weiteren Schluck. Der Champagner ist köstlich, ich kann mich nicht daran erinnern, schon einmal einen so guten getrunken zu haben. »Ich denke, so langsam bekommst du einen Eindruck davon, wer ich bin.« Er nickt. »Das tue ich. Und ich bin beeindruckt. Wie läuft das Geschäft mit dem neuen Bauprojekt?«

Ein freches Grinsen liegt auf seinen Lippen, was ihn noch anziehender wirken lässt.

»Momentan läuft da gar nichts. Wir warten noch auf die Zustimmung von ein paar Gangstern.« Cama lacht auf. »Gangstern? Das habe ich tatsächlich noch nie gehört. Ich bin mir sicher, ihr bekommt bald die Antworten, der Mann, der sich darum kümmert, ob wir ein Grundstück gebrauchen können, bearbeitet es gerade.«

Wir beide leeren das Glas und ich bemerke erst jetzt, dass wir immer näher zueinander gerückt sind. Ich spüre den Blick der Frau auf uns und lächle Cama zuckersüß an. »Das hörst du nur nicht, weil sich niemand traut, das auszusprechen.«

Cama schüttelt den Kopf. »Das glaube ich nicht. Sie kennen uns besser als du. Ich denke, die Zeit wird dir zeigen, dass du dich in uns täuschst.« Ich muss leise lachen. Das denke ich nicht.

Sein Blick gleitet über mein Gesicht. »Und was tut sich mit den anderen Gangstern, die sich in deinem Dorf herumtreiben?« Die Frau scheint genug zu haben, aus dem Augenwinkel sehe ich, wie sie aufsteht.

»Ich habe sie leider verpasst, aber beim nächsten Mal schnappe ich sie mir.« Ich gleite vom Hocker herunter und schiebe mein Glas zurück zum Barkeeper. Cama greift in diesen Moment nach meinem Arm, es ist nur eine kleine Geste und doch wird die Stelle, an der er mich berührt, warm.

»Wie gesagt, ich merke, dass du … anders bist und ich respektiere deinen Mut, doch du solltest deswegen nicht unvernünftig sein. Ich habe zwar nicht herausgefunden, wer dahintersteckt …« Oh, er hat sich danach erkundigt, das hätte ich nicht gedacht. »Aber egal wer es ist, pass auf. Sie alle werden nicht so geduldig mit dir sein, wie ich es war.« Ich muss lächeln, ich stehe jetzt sehr nah an ihm und seine dunklen Augen ziehen mich in seinen Bann. »Wie du siehst, habe ich auch dich überlebt. Ich weiß, dass alle hier Angst haben und das nicht ansprechen, aber ich werde nicht zulassen, dass die Leute, die hart arbeiten, weiter so ausgenutzt werden.«

Cama schüttelt den Kopf. »Hat dir schon mal jemand gesagt, das du ganz schön stur bist? Ich meine das ernst. Pass auf. Auch wenn sie nicht wie wir sind, können sie gefährlich sein.«

Nun gehe ich noch einen Schritt näher zu ihm. Cama hält einen Moment ein, gespannt darauf, was ich vorhabe, ich wollte ihn eigentlich necken, doch auch ich bin auf einmal von dieser Nähe überrascht und über das Kribbeln, was sich über meinen Nacken zieht. Wir sind uns sehr nah. Ich muss aufpassen, dass ich keine Dummheiten mache, als sich unsere Augen ineinander verwirren und unsere Lippen sich fast treffen.

»Sagt der böse Wolf über die kleinen Welpen....Ich muss los. Danke für den Drink, Cama. Viel Spaß noch. Leicht und schnell kommt.«

Unsere Lippen schweben nur Millimeter voneinander entfernt, wir sehen uns in die Augen, doch dann nehme ich meine Tasche und gehe.

Unter dem tödlichen Blick der Frau und dem rauen aber leisen Lachen von Cama verlasse ich den VIP-Bereich und schüttle den Kopf.

Beim Versuch, Cama Vélez aus der Fassung zu bringen, habe ich fast meine eigene verloren.

Kapitel 9

»Das hört sich für mich wie Flirten an.«

Ich muss aufpassen, um nicht laut aufzulachen. Wir sind seit geschlagenen zwei Stunden auf dem Grundstück, das wir für einen Immobilienhai und der Stadt bebauen sollen. Das ist ein weiteres Problem.

Es ist selten, dass solch ein Projekt geteilt wird, doch durch meine ungewöhnliche Planung hat es sich ergeben, dass neben der Immobilienfirma, die hier investiert, sich auch der Staat beteiligt und verschiedene Gelder beantragt werden. Das muss von einer speziellen Bank abgesegnet werden, die in Form eines sehr mürrischen Mannes und seiner völlig verschlafenen Partnerin geleitet wird. Genau diese beiden führen wir nun hier herum, zeigen ihnen alles, haben alles mehrere Male erklärt und doch fallen ihnen immer wieder neue Fragen und Anforderungen ein.

Um nicht völlig auszutrocknen, habe ich gerade an meinem Auto etwas getrunken und laufe jetzt den sandigen und steinigen Weg zurück.

Ich habe extra flache Schuhe angezogen. Auch wenn Titus das eigentlich nicht gerne sieht, hat er mich gewähren lassen, Carina ist schon zweimal böse umgeknickt.

Heute trage ich eine schwarze feine Hose und ein armfreies feines Oberteil, ich habe nur Wimperntusche drauf, nach diesen Stunden hier auf der Baustelle muss man ohnehin duschen gehen.

Auf dem Weg zurück zum Auto hat mich Marisol angerufen und ich habe ihr von gestern, von der Feier und auch meinem Glas Champagner mit Cama erzählt, was sich offensichtlich als Fehler herausstellt.

»Das war kein Flirten. Ich würde nicht sagen, wir streiten miteinander, aber flirten ist das auf keinen Fall. Kommst du jetzt am Wochenende? Oder soll ich …? Marisol, ich melde mich später noch einmal … ich habe gerade das Gefühl durchzudrehen.«

Verwirrt sehe ich nach vorne zu Titus und dem Mann von der Bank, die mit einer Kinderschippe beginnen, in die Erde zu graben. Was …? Mit schnellen Schritten gehe ich zu den beiden. Carina und Pablo lehnen sich gegen den provisorisch aufgestellten Zaun. Ich gebe ihnen die Wasserflaschen, die ich ihnen mitgenommen habe und stelle mich zu Titus.

»Das ist sehr schlecht, ich denke nicht, dass das was wird. Also, mit allem kann ich mitgehen, aber nicht, hier einen Gemeinschaftsgarten entstehen zu lassen. Das ist alles verdorbene Erde. Das wird nichts bringen.«

Der Mann sticht immer wieder in die Erde, als wäre er fünf und würde eine Burg bauen wollen. Titus hat uns gebeten, uns heute ein wenig zurückzuhalten, weil er den Mann aus der Bank kennt. Es ist nicht das erste Projekt, was er mit der Bank zusammen ausführt, doch es kribbelt in meinen Fingern.

»Das denke ich nicht. Wir haben das alles geprüft ...« Der Mann nimmt eine weitere Schippe voll Erde und … riecht daran. Ich kann mich nicht mehr zurückhalten.

»Das muss man nicht prüfen das sieht man doch, hier ist nichts zu machen. Denk über etwas anderes nach, aber hier wird nicht einmal ein Kaktus wachsen.«

Ich trete vor und lächle den Mann an, der noch immer am Boden kniet.

»Ich bin mir sicher, dass Sie bei dem, was Sie … so tun, ein Experte auf Ihrem Gebiet sind. Aber hierbei irren Sie sich. Der Boden ist perfekt zum Bepflanzen. Es ist in weiten Teilen ein Gemisch aus Lehm und Sand und in einigen Bereichen sogar der sehr gute Humusboden. Hier kann man einiges draus machen. Wir haben das schon genügend getestet.«

Der Mann lächelt und stellt sich wieder auf. Sein Blick gleitet über mich. »Das denke ich nicht. Manches kann man nicht mit Formeln erreichen, meine Hübsche. Ich habe mir gerade ein Haus gekauft und mich damit beschäftigt und hier wächst nichts.«

Okay, ganz ruhig bleiben. Wie kann er es wagen, mich Hübsche zu nennen? Er hat meinen Namen vorhin genau verstanden, ich lege den Kopf ein wenig schief. »Das ist sehr schön, herzlichen Glückwunsch zu Ihrem Haus. Ich bin auf einem Bauernhof bei Naranjito großgeworden. Ich habe schon ganze Bäume mit meinem Vater zusammen gepflanzt und ich garantiere Ihnen, dass die Erde perfekt ist.«

Der Mann lächelt. »Das möchte ich Ihnen auch sehr gerne glauben, doch ich bezweifle, dass ihre Vergangenheit genug ist, um dafür Geld zu bekommen, ich verlasse mich da doch ...«

Das darf nicht wahr sein.

Ich krame in meiner Handtasche und finde die Tüte, in der ich heute Morgen ein Sandwich bekommen habe. Ich leere die letzten Krümel aus, gehe zu dem Mann, nehme ihm seine Schippe weg und fülle die Erde in den Beutel.

»Wissen Sie was, Sie haben recht, wir wollen ganz sicher sein. Die Hübsche wird sich darum kümmern, dass diese Erdproben, die sie so mühevoll genommen haben, ins Labor kommen. Dort werden sie ausgewertet und in spätestens drei Tagen haben Sie die Ergebnisse auf dem Tisch liegen.«

Titus will etwas sagen, da fällt sein Blick hinter uns und ein Lächeln bildet sich. Auch ich wende mich um und sehe in Camas dunkle Augen, der belustigt hinter uns steht, die Arme vor der Brust verschränkt hat und wer weiß wie lange schon zuhört.

»Damit wäre das geklärt, sehr gute Idee, Solana. Cama, ich hoffe, du bist mit guten Nachrichten hier.« Das darf nicht wahr sein. Cama sieht einmal an mir hoch und runter und hat dasselbe freche Grinsen im Gesicht wie gestern Nacht. Heute trägt er allerdings eine feine schwarze Anzughose und ein schwarzes Hemd. Er sieht damit sogar noch mehr wie der Gangster aus, der er ist, als wenn er sportlich gekleidet ist.

»Ich wusste gar nicht, dass das bei euch hier so unterhaltsam ist. Leider habe ich keine gute Nachrichten, Titus.«

Nein, nein, nein, ich versuche mich wirklich zusammenzunehmen, doch gleich kratze ich hier jemandem die Augen aus. Das darf doch alles nicht wahr sein. Ja, mir war klar, dass es hier in Puerto Rico schwerer wird, gewisse Dinge zu erreichen, doch nicht, wie viel Nerven mich das kosten wird.

»Sag nicht, dass ihr das Grundstück nicht freigeben könnt, es ist alles bereit, wir warten nur noch auf eure Zustimmung.«

Cama sieht von Titus zu mir. Ich versuche, mir nicht anmerken zu lassen, wie angespannt ich bin, ich will ihm diese Genugtuung nicht geben.

»Das Problem ist, dass Salvo gerade nach einem Grundstück sucht. Wir brauchen dringend neue Lagerplätze und dieses Grundstück wäre perfekt dafür.«

Das darf nicht wahr sein.

Könnte dem Mann mal jemand erklären, dass Wohnraum für hunderte von Familien vor irgendwelchen Lagerräumen für das Vélez Cartel kommen?

»Das ist unglücklich, aber ich bin mir sicher, wir finden dafür eine Lösung. Ich habe im Büro noch Unterlagen zu einigen Grundstücken, die dafür infrage kommen würden. Was hältst du davon, wenn wir für euch eine gute Alternative zu dem Grundstück hier finden, so sind alle zufrieden.«

Cama legt den Kopf schief und sieht zu mir. »Das wäre eine Alternative. Gut, dann probiert, etwas zu finden. Da du ja so von eurem neuen Juwel geschwärmt hast und sie sich um das Projekt hier kümmert, bin ich sicher, dass sie das gut hinbekommen wird.«

Nun werden meine Augen größer.

»Ich? Das kann … jeder von uns machen, das ...«

Carina stellt sich neben mich. »Ich kann das sehr gerne übernehmen«, doch Cama sieht weiter zu mir. »Ich setze dieses Mal auf das Juwel.« Titus lächelt und stellt sich vor Carina und mich. »Natürlich, Solana wird das hinbekommen, ich gebe ihr die Unterlagen, sie hat einen guten Sinn dafür. Verlass dich auf uns. Wir finden eine Alternative.«

Nun sehe ich auch wütend zu meinem Chef.

Wieso ich? Ich will mit diesen Leuten nichts zu tun haben. Cama sieht noch einmal in die Runde. Sein Blick fällt auf die

Tüte in meiner Hand und dann sieht er mir noch einmal in die Augen.

»Da bin ich mir absolut sicher. Ich sage Salvo Bescheid, dass du morgen kommst, Solana. Du weißt ja, wo du uns findest.«

Mit diesen Worten wendet er sich ab und geht zu mehren schwarzen Autos, die auf ihn warten.

Ich fasse es nicht.

Das darf alles nicht wahr sein.

Kapitel 10

Seit geschlagenen zehn Minuten sitze ich im Auto, habe den Kopf auf das Lenkrad gelegt und versuche, mich mit Atemübungen zu beruhigen.

Das habe ich schon einmal geschafft, das werde ich auch noch einen weiteren Tag überleben.

Es ist nicht so, dass ich Angst hätte oder mich unwohl fühlen würde, ich will einfach nicht hier sein. Ich sollte heute bei dem Projekt mit der Kirche sein. Den ganzen gestrigen Nachmittag habe ich versucht, Titus und Carina zu überreden, dass doch Carina das übernimmt. Sie hätte ich nicht einmal überreden müssen, sie will unbedingt zum Anwesen des Vélez Cartels, doch Cama möchte, dass ich komme und Titus möchte, dass wir seine Zusage bekommen.

Also sitze ich hier, kurz vor dem Gebiet, und versuche meine Wut wegzuatmen, um diesen Tag so friedlich und schnell wie es nur geht hinter mich zu bringen.

Als ich dann endlich die letzten Meter fahre und vor dem Tor halte, sieht einer der Männer, die hier Wache halten, belustigt in mein Auto. »Na, genug auf dem Lenkrad geschlafen?« Verblüfft sehe ich ihn an und er zeigt grinsend auf mehrere Kameras, die an den Straßenseiten aufgehangen sind, sie werden wahrscheinlich auch weiter vorne welche haben. Ganz toll.

»Ich musste erst noch etwas … vorbereiten.« Der Mann lacht. »Das hat Cama auch gesagt, als ich ihn angerufen und gefragt habe, ob ich dich da rausholen soll. Er konnte dich auf der Kamera sehen und hat gesagt, dass du länger brauchst, um dich an Situationen zu gewöhnen.« Mit einem Schlag ist die Wut, die ich zu unterdrücken versucht habe, wieder da.

Eine Sache ist seit dem ersten Tag, als ich Cama getroffen habe, immer gleichbleibend: Entweder ich bin wütend auf ihn oder ich versuche, mich seinem anziehenden Wesen zu entziehen. Es gibt kaum etwas dazwischen und das scheint er nicht nur zu wissen, sondern auch zu genießen.

»Toll, das ist ganz toll. Kann ich jetzt weiterfahren oder gibt es wieder so eine nette Leibesvisitation?« Der Mann deutet mit seinen Händen, dass ich weiterfahren kann. »Du kannst direkt nach oben zu Cama fahren, er sagt, du weißt, wo das ist.« Natürlich sagt er das, ich weiß jetzt schon, dass dieser Tag mit Kopfschmerzen enden wird.

Zumindest habe ich mich heute das erste Mal nicht so zurechtmachen müssen, als würde ich ins Büro gehen. Ich trage nur eine hellblaue Jeans und ein weißes Top. Dazu trage ich helle Leinenschuhe, weil ich ja weiß, dass mich hier kein Staub oder Sand erwartet.

Dieses Mal sehe ich das Gebiet bei Tag.

Es wirkt ein wenig surreal, überall sind diese gefährlich aussehenden Männer, sie sitzen im Garten oder kommen gerade aus dem Haus, laufen zusammen zum Gemeinschaftshaus, das ich auch sofort wieder erkenne, und doch sieht das alles aus wie eine kleine vornehme Großstadt, nur mit den falschen Bewohnern.

Ich fahre an zwei Männern vorbei, die an einer Ecke stehen, beide haben Waffen in ihrem hinteren Hosenbund und ich sehe wieder weg. Das ist kaum zu glauben, wenn man es nicht mit seinen eigenen Augen sieht.

Wieder fahre ich den Hügel hoch. Hier oben wird es ruhiger. Ich halte vor Camas Haus, steige aus und sehe es mir bei Tageslicht noch einmal genau an.

Es ist beeindruckend.

Allein dieses Haus muss ein Vermögen gekostet haben, ganz abgesehen von all den anderen Häusern und was es hier noch so auf dem Gelände gibt.

»Wirst du jetzt hier auch noch einmal erstarren?« Die Haustür geht auf und Cama sieht zu mir. Gestern hatte er einen feinen Anzug an. Heute trägt er eine graue Jogginghose, ein weißes Shirt und weiße Sneakers.

Bei seinen Worten gehe ich von meinem Auto weg zu ihm. »Ich brauche manchmal länger, um alle Eindrücke auf mich wirken zu lassen. Du hattest einen guten Architekten.« Cama hebt die Augenbrauen. »Na, ich hoffe doch, jetzt betritt eine bessere mein Haus.« Ich muss lächeln, als er beiseite tritt und mich reinlässt.

Überall in dem Haus liegt Camas anziehender Duft. Ich sehe in den Wohnbereich, wo ich erkannt habe, wer er wirklich ist, doch Cama führt mich stattdessen zu einer Treppe. Von hier unten gehen zwei auf gegenüberliegenden Seiten ab. Eine in einen Bereich auf der rechten Seite und eine zu einem Bereich auf der linken Seite, zu dem er mich bringt.

»Wir haben gerade im Gemeinschaftsraum einen Besprechungsraum, deswegen habe ich Salvo gebeten herzukommen. Hier habe ich auch einen Besprechungsraum. Im anderen Haus werdet ihr nur immer wieder unterbrochen und ich habe das Gefühl, dass du dich nicht ganz so wohl fühlst bei uns.«

Er deutet mir zu einer doppelseitigen Tür, die offensteht. »Das liegt vielleicht daran, dass ich mich hier auf dem Anwesen eines Cartels befinde. Es ist doch klar, dass man sich da … unwohl fühlt, zumindest jeder, der nicht zum Cartel gehört.«

Cama ist stehengeblieben, er scheint es eilig zu haben und loszumüssen. Auf seinen Lippen bildet sich ein Schmunzeln, doch seine Augen sehen mich ernst an. Jetzt hier bei Tageslicht erkenne ich wieder, wie schön seine Augen sind, dunkel und tief, man kann sich darin verlieren und sie sehen mich mit einer Intensität an, die sich sehr intim anfühlt.

»Du sitzt auf einem ganz schön hohen Ross, Solana, weißt du das? Du kommst aus Amerika zurück in deine Heimat und siehst auf alle hinab. Du weißt nichts über uns, nicht genug, um dir eine Meinung zu bilden. Du weißt nicht genau, wer wir sind und was wir tun, doch du siehst auf uns hinab. Nur weil du etwas nicht kennst, bedeutet es nicht, dass es schlecht ist. Du bist hier, weil ich dir eine Chance gebe, das Projekt zu behalten. Ich müsste das nicht tun, ich könnte auch einfach nein sagen und fertig. Also, entweder du steigst jetzt mal von deinem hohen Ross herunter und versuchst, dein Projekt zu behalten, oder du fährst nach Hause und ich tue das, was ich wahrscheinlich eh tun werde.«

Mit diesen Worten deutet er in den Raum, in dem ein Mann sitzt und uns beide ansieht, wendet sich ab und geht die Treppen wieder hinunter.

Das … empört sehe ich ihm hinterher. Ich sehe auf ihn hinab, ich … natürlich tue ich das. Erwartet er, dass ich das hier normal finde? Das ist doch … dieser Mann … Ich wirble herum und gehe durch die Tür. Mit einem hatte er recht, ich werde jetzt dieses Projekt retten und das alles dann weit hinter mir lassen.

Genervt streiche ich mir eine Haarsträhne aus dem Gesicht, während ich vorbei an den geöffneten schweren Holztüren des edlen Besprechungsraumes hinaustrete. Der

Raum ist makellos gestaltet: dunkles Holz, vergoldete Akzente und ein massiver Konferenztisch aus poliertem Mahagoni, der das Zentrum des Raumes bildet.

Im Raum erwartet mich der Mann, der uns beobachtet hat. Er sitzt an einem Laptop und hat Unmengen an Papieren vor sich ausgebreitet. Der Mann hat dunkle lange Locken, die ihn vom Kopf abstehen, freundliche dunkle Augen, die sich hinter einer Brille verbergen, und er trägt ein Lächeln auf den Lippen.

»Solana, richtig? Ich freue mich, dich kennenzulernen. Ich habe hier alles zusammengesucht. Setz dich doch.« Mein Blick gleitet weiter durch den Raum., während ich seiner Aufforderung nachkomme. Hier hängen Bilder, die verschiedene Orte in Puerto Rico zeigen. »Danke, Salvo. Es ist beeindruckend hier.« Das ist es wirklich, meine Wut und auch ein wenig meine Nervosität legt sich, als ich mich neben ihn setze. Salvo strahlt eine warme, beruhigende Energie aus, die mich ein wenig entspannter werden lässt.

Vor uns auf dem Tisch stehen mehrere Gläser und eine Auswahl an Getränken.

»Bedien dich. Cama hat mich gebeten, dir alle Informationen zukommen zu lassen, die du brauchst, um uns eventuell eine Alternative zukommen zu lassen. Wir brauchen dringend mehr Platz für weitere Lagerräume. Wir haben hier welche, doch die Lager sind zu voll und Cama mag es nicht, dass wir die Waren und alles andere in dem Gebiet haben, wo auch die Familien leben. So müssen wir Geschäftspartner immer hier treffen und manchmal wird das zu gefährlich. Einige Männer werden bald Väter, und wenn hier Kinder umherlaufen, soll alles noch sicherer werden.«

Er gießt sich einen Saft ein und fragt mich, was ich möchte. Ich nehme auch einen Saft und sehe auf die vielen Unterlagen.

»Ich verstehe. Also sollen da nur Lager entstehen?« Er sucht einen Stapel Unterlagen vor mir auf den Tisch zusammen. »Das hier sind weitere Optionen, die alle mit bedacht werden sollen. Ich habe sehr viel zu tun, ich kümmere mich um einiges hier und hatte das schon die ganze Zeit auf dem Schirm, aber keine Zeit, mich darum zu kümmern. Als dann das Grundstück reinkam, habe ich gemerkt, dass es perfekt ist für unsere Zwecke. Wir nehmen nicht oft Land, was schon verplant ist, aber dieses Mal wäre es genau das Richtige für uns. Aber vielleicht findest du eine andere Option.«

Ich nehme die Unterlagen an mich. »Sieh dir alles in Ruhe an, ich muss hier etwas anderes bearbeiten, aber wenn du Fragen hast, stell sie ruhig.«

Salvo ist ganz anders als die anderen Männer, die ich bisher hier gesehen habe. Er ist nicht so durchtrainiert, ich sehe keine Waffe an ihm, im Gegenteil, er sieht aus wie ein verschlafener Student, der keiner Fliege etwas zuleide tun könnte.

Ich bedanke mich und gehe die ersten Unterlagen durch. Es sind Pläne für Regalmodelle, die sie benötigen. Sie sind riesig, außerdem Unmengen davon. Als ich jetzt die ungefähren Maße der geplanten Lagerhallen betrachte, merke ich schnell, dass das nicht so einfach wird. Aufmerksam gehe ich alles durch, was eine ganze Weile dauert.

Salvo fragt immer wieder nach, ob ich etwas brauche. Er bekommt auch einen Anruf und ich ahne, dass es Cama ist, der fragt, ob alles in Ordnung ist. Als ich mir ein grobes Bild gemacht habe, beginne ich, mir Notizen zu machen.

»Okay, und optimal wäre es, wenn in den Lagerräumen auch Büroräume wären?«

Salvo beugt sich zu meinen Unterlagen. »Ja, Cama möchte das komplett trennen. Wir brauchen mehr Platz, die Vélez werden immer mehr. Das Gebiet soll ausgebaut werden und die Lager woanders sein. Dann brauchen wir dort Büros und Besprechungsräume. Außerdem ist die Überlegung, dort auch Unterkünfte einzuplanen. Wenn wir Männer anlernen, sollen sie nicht sofort hier bei uns leben. Sie müssen sich unserer Vertrauen erst verdienen und wir müssen alles testen. Deswegen wäre das Grundstück auch perfekt. Es ist abgelegen und es ist groß genug für alles.«

Dafür muss es auch eine andere Lösung geben. Wir sitzen noch eine Weile zusammen, ich probiere von dem Obst auf dem Tisch, was viel zu sauer ist. Das ist keine gute Qualität. Salvo lacht über meinen Gesichtsausdruck und ich erzähle ihm ein wenig von meinem Vater und unserem Marktstand.

Als ich alles durchgesehen habe, schließe ich die Unterlagen. »Das sieht gut aus, die Unterlagen sind sehr genau, aber aber ich möchte die bestehenden Lagerräume sehen. Das gibt mir ein besseres Verständnis dafür, was benötigt wird. Ist das möglich?« Salvo nickt. »Selbstverständlich. Ich muss mir eh mal die Beine vertreten. Cama hat erzählt, du warst schon einmal hier?« Wir stehen beide auf und gehen wieder den Flur entlang und die Treppen hinab. Salvo ist nicht viel größer als ich, er ist ein sehr angenehmer, ruhiger Mensch. »Das war ich aber nur kurz. Und es war abends.«

Vom Eingangsbereich gehen zwei Treppen vom Flur ab, in der Mitte ist im Erdgeschoss der Wohnbereich. In der Wand oben ist ein rundes Fenster eingelassen, von dem aus man von hier oben hinausblicken kann. Man sieht genau auf einen kleinen Hügel mit einer kleinen Kapelle. »Was ist das?« Auch von unten war mir das Fenster schon aufgefallen, doch nur von hier oben hat man diesen Ausblick.

»Das ist eine alte Kapelle. Damals als das alles hier gebaut wurde, hat die Mutter von Cama und Cairo noch beim Einrichten und Erstellen geholfen. Sie ist leider vor zwei Jahren gestorben. Sie war damals schon krank und ihr Wunsch war es, diese alte Kapelle, die hier mitten im Nichts stand, zu erhalten, und das haben wir bis heute. Die Männer gehen ab und zu dorthin, wenn sie mal Ruhe brauchen.«

Selbst von hier erkenne ich die einfachen Lehmstrukturen und die bemalten Fenster, sie muss sehr alt sein.

»Wunderschön.« Salvo und ich gehen die Treppen hinunter. »Das ist sie.« Ich spüre immer mehr Neugier in mir aufsteigen. All das hier ist ein Widerspruch, den ich so noch niemals erlebt habe.

Kapitel 11

Auch wenn ich es ungern tue, reiße ich mich von diesem Anblick los.

»Und das hier sind also auch Besprechungsräume? Ich hätte gedacht, das ist ausschließlich sein privates Reich.« Salvo deutet auf die andere Seite. »Ist es auch. Hier unten ist der Eingangsbereich und der Zugang zum Garten, auf der Seite ist ein Besprechungsraum, ein kleines Kino und ein Hallenbad, dort gegenüber sind die Schlafzimmer und alles andere.

Ein Hallenbad, unfassbar. Wir gehen nach unten und verlassen sein Haus. Genau in dem Moment kommt ein anderer

Mann aus dem Haus schräg gegenüber. »Was tust du bei Cama? Oh, stimmt, du musst Solana sein. Ich habe schon einiges von dir gehört.« Es ist Cairo. Auch wenn ich ihn nur einmal kurz auf der Baustelle gesehen habe, erkenne ich das sofort. Er ist mit Cama auf den Bildern in seinem Wohnbereich und sie haben dasselbe Lächeln und dieselben dunklen Augen. Ansonsten ist Cairo etwas heller und auch seine Haare sind ein wenig heller als die seines Bruders.

Er hat von mir gehört? Sicherlich nicht allzu viel Gutes. Trotzdem wartet er auf uns und reicht mir die Hand. »Die bin ich. Ich wollte mir gerade eure Lager ansehen, damit ich einen neuen Ort dafür finden kann.« Cairo sieht mir ins Gesicht und lächelt. »Kein Wunder, dass ich von dir gehört habe … und du willst uns also ein Grundstück für neue Lager suchen?« Cairo sieht mir in die Augen und hält dabei eine Waffe in der Hand, als wäre es das Natürlichste der Welt. Er steht neben einem schwarzen Porsche, in den er offenbar gerade einsteigen wollte.

»Ich werde es versuchen.«

Salvo deutet nach hinten, in die Richtung, in der auch das Gemeinschaftshaus war. »Deswegen zeige ich ihr auch die Lagerräume, damit sie einen Eindruck bekommt. Sollest du nicht schon längst am Flughafen sein?« Cairo lacht auf und nickt mir noch einmal zu. »Du hörst dich schon an wie mein Bruder. Viel Spaß euch beiden.« Mit diesen Worten setzt er sich ins Auto und fährt los, während Salvo und ich weiter die Straße hinunterlaufen.

Das Anwesen ist eindrucksvoll. Ich bemerke beim genauen Hinsehen die penibel gepflegten Gärten, die massiven Tore und Mauern nach außen und die doch sehr offenen Grundstücke.

Salvo erzählt mir, dass sie hier wie in einer Familie leben, er erklärt, dass das Vélez Cartel eher wie eine große Familie ist. Sie arbeiten zusammen und sie leben zusammen. Er würde für jeden Mann hier seine Hand ins Feuer legen und das ist der Grundstein für ihren Erfolg.

Immer wieder treffen wir Männer, die uns grüßen, dann kommen wir am Gemeinschaftshaus vorbei, aus dem laute Musik ertönt, es duftet nach Grill, doch wir gehen weiter, und tatsächlich geht von hier eine Straße ab, die kaum ausgebaut ist. Hier finden sich zwei große Hallen, eine von ihnen öffnet Salvo und wir treten ein.

Die Lagerräume sind groß und funktional, nicht sehr schön, doch wie in jedem anderen Lager stehen einfach nur Unmengen von Regalen an den Wänden und es gibt viele Reihen davon. Was mich innehalten lässt, ist der Inhalt der Regale. Waffen. Große und kleine, teilweise mit Bildern an den Boxen, damit man die Inhalte erkennt und das bis unter die Decke gestapelt.

Ich habe meinen Notizblock und die anderen Unterlagen dabei und mache mir Notizen, um nicht zu sehr zu starren. Wir gehen weiter und Salvo erklärt mir, dass sie immer die Ware von oben nehmen und dann alles hochstapeln müssen, damit die Ware nicht irgendwann zu rosten beginnt, deswegen lagern sie auch nicht zu viel ein.

Nicht zu viel? Ich bin erschlagen vom Anblick all dieser Waffen.

»Ihr braucht ein anderes Lüftungssystem für die Lager. Man spürt, dass es zu feucht ist. Ich kann euch einige gute aufschreiben. die verhindern, dass eure … Ware zu rosten beginnt. Ist das alles? Ihr verkauft nur Waffen?«

Eigentlich will ich es gar nicht wissen, doch ich muss. Salvo führt mich durch eine Tür in die andere Lagerhalle, von hier aus geht ein strenger Geruch aus. Ich kann es nicht zuordnen, wie Blätter, Wiese. Auch hier sind Regale, doch dieses Mal nicht ganz so hoch gebaut, dafür gefüllt mit Paketen, deren Inhalt wie Cannabis aussieht. »Und Drogen?« Ich schreibe fleißig mit, dabei versuche ich, mir nicht anmerken zu lassen, wie unwohl ich mich hier fühle. »Wir handeln mit Waffen und mit Sicherheit. Wir sorgen für den Schutz größerer Unternehmen und einigem mehr. Wir gestatten den Drogenhandel und koordinieren ihn in unserem Land ein wenig, dafür nehmen wir einiges ein und da man sie am besten in Puerto Rico anbauen kann, haben wir hier die Tabakpflanzen. Ich weiß nicht, ob dir das etwas sagt. Es zählt im Groben nicht zu Drogen. Es putscht dich auf wegen des hohen Anteils an Tabak und einem anderen Bestandteil der Pflanzen. Sie gelten aber so weit als pflanzlich, dass sie vor allem in den arabischen Ländern von den sehr reichen Männern gekauft werden, die keine richtigen Drogen zu sich nehmen dürfen. Sie werden außerhalb von San Juan angebaut und gehen dann über den Hafen raus.«

Okay, na immerhin keine harten Drogen. Ich muss fast über meine eigenen Gedanken lachen und sehe mich weiter um. Ich stelle noch einige Fragen, die Lager sind voll und doch ist es laut Salvo viel zu wenig Stauraum.

Wir verlassen die beiden Hallen, gegenüber gibt es eine weitere und ein kleineres Haus. In diesem Lager werden trockene Lebensmittel und Putzutensilien gelagert. Dieses Lager soll bleiben.

Salvo führt mich ins andere Haus, in dem es köstlich nach frischem Brot, Essen und Kuchen duftet. Hier sind mehrere Frauen mit Kochen beschäftigt. Es gibt sechs Herde, weitere Backöfen, große Arbeitsflächen und im Raum nebenan entdecke ich einige Waschmaschinen und Trockner. Die Frauen reden laut miteinander, doch als wir eintreten, begrüßen sie uns freundlich. Salvo erklärt, dass sie für die Männer kochen, die Häuser sauber halten und die Wäsche machen.

Eine der älteren Frauen deutet auf zwei Pfannen, in denen Nudeln mit Hähnchen in einer cremigen Sahnesauce gerade gewürzt werden. »Salvo, was für eine Überraschung. Cama hat angerufen und mich gebeten, euch Essen zuzubereiten. Soll ich es euch hochbringen, oder ...?« Salvo deutet zu einem Tisch etwas weiter hinten im Haus. »Nein, wir können auch hier essen. Ich hoffe, du hast Hunger, Angela macht die beste Pasta weit und breit.« Das glaube ich gerne, es duftet bereits köstlich. Fasziniert beobachte ich das Treiben der Frauen, während ich mich setze. Sie alle haben ihren Spaß. Es werden Kuchen und Brote aus den Öfen geholt, immer wieder kommen Anrufe rein, doch die Frauen lassen sich nicht beirren, kochen weiter und unterhalten sich über eine Tochter, die bald ein Baby bekommt.

Salvo holt unsere zwei Teller und Getränke und setzt sich damit zu mir. Die Männer, die hier arbeiteten, begegnen mir mit Respekt und Freundlichkeit und auch wenn ich diese Frauen betrachte, ist es schwer, die strikten Vorstellungen, die ich über das Cartel habe, aufrechtzuerhalten. Wenn ich aber an die Lager denke, in denen ich gerade war, passt wieder alles.

»Okay, also nun weiß ich ungefähr, wie ihr hier lebt und was ihr macht. Ich muss zugeben, dass ich andere Vorstellungen hatte, also einiges stimmt auch, aber wenn ich euch so sehe ... es ist ein reiner Widerspruch. Da stehen riesige Lager mit Waffen und Drogen ... von mir aus natürlichen Drogen, neben einem Haus voll mit Frauen, die kochen und backen, als würden sie ihre Söhne verwöhnen wollen.« Ich versuche mich zu erklären, während ich diese leckeren Nudeln genieße. Sie sind ein Traum.

Salvo lacht. »Zugegeben, das ist so genommen schon widersprüchlich. Du hast in Amerika gelebt, oder? Dann ist es kein Wunder, dass du eine andere Vorstellung von uns hast, als sie hier gelebt wird. Man kann das auch als eine ... große Firma sehen, nur dass es familiärer ist. Wir handeln nicht nach den Regeln, die für euch da draußen gelten. Ich weiß nicht, wie viel du über die Macht von Cama und Cairo weißt, doch sie geht sicher weit über das hinaus, was du dir vorstellen kannst. Doch man kann uns trotzdem nicht in dieses Klischee-Denken eines Cartels packen, wie du es vielleicht aus dem Fernsehen kennst.«

Er trinkt einen Schluck und sieht mir weiter in die Augen.

»Wir sind nicht kriminell, wie du es vielleicht aus dem Fernsehen kennst, wir bereichern uns nicht an Armen. Nur die Art, wie und in welchen Kreisen wir handeln, hebt sich von dem normalen Leben ab. Es sind ganz andere Dimensionen, von denen wir hier sprechen. Vielleicht ist es deswegen umso gefährlicher, doch nur, was diese Geschäfte betrifft. Wir behandeln alle anderen Menschen, mit denen wir zu tun haben und die sich uns nicht in den Weg stellen, ganz normal.«

Das merke ich.

Eine der Frauen kommt mit einer Liste zu uns und unterbricht Salvo. Verwirrt von diesen ganzen neuen Eindrücken höre ich, wie sie besprechen, was sie für eine Party am Abend noch zubereiten sollen. Als Salvo seine Vorschläge abgegeben hat, sind wir beide fertig. Wir bedanken uns für das leckere Essen und ich gehe mit den Unterlagen und einer Tüte mit frisch gebackenen Muffins langsam zurück zu meinem Auto und Camas Haus.

»Eure Partys durfte ich auch schon kennenlernen. Das war auch sehr interessant. So viele Frauen ... Hat Cama eigentlich eine Freundin? Vorhin habt ihr gesagt, dass manche Männer jetzt Familien gründen. In seinem Haus habe ich letztens eine Frau angetroffen.« Ich bin hier, um mich um ein neues Grundstück zu kümmern, nicht um alles über die Geschäfte des Cartels, das Privatleben der Anführer oder den nächsten

Partys zu erfahren und doch bin ich von der Neugierde erfasst.

Auf Salvos Lippen legt sich ein Schmunzeln. »Cama? Nein, er ist nicht der Typ für Beziehungen. Er hat seinen Spaß, aber mehr auch nicht. Die meisten Männer hier denken so, wie gesagt, es ist nicht ungefährlich, was wir hier tun und es fordert viel Zeit. Es ist einfacher, seinen Spaß zu haben und sich auf die Geschäfte zu konzentrieren. Wieso fragst du?«

Wir sind oben an den Häusern der Anführer angekommen. »Nur so«, antworte ich schnell und spüre, wie meine Wangen ein wenig warm werden. »Man kann ihn sehr schwer einschätzen.«

Salvo lacht leise. »Das stimmt, aber ihm ist es wichtig, dass du hier bist und wir uns gut um dich kümmern. Ich hoffe, ich habe das getan. Ich muss leider zu einem Termin, es kommen neue Rechner an. Du kannst gerne zurück ins Büro oder ...« Ich hebe die Unterlagen hoch. »Ich denke, ich habe jetzt eine gute Übersicht. Den Rest kann ich von zuhause bearbeiten.« Ich öffne das Auto und lege die Unterlagen und die Muffins auf den Beifahrersitz. Dann fällt mein Blick hinter das Haus zu der Kapelle. »Danke für deine Hilfe. Aber eine Frage habe ich noch: Kann ich die Kapelle hinter den Häusern auf dem Hügel sehen? Als Architektin faszinieren mich solche alten Gebäude.«

Salvo zögert nicht einen Moment. »Natürlich, nimm dir alle Zeit der Welt. Ich bin schon gespannt auf deinen Vorschlag, wegen der Lager. Machs gut, Solana.«

Einen Moment sehe ich ihm hinterher.

Ich merke, dass Cama mit seinen Worten vorhin ein wenig recht hatte. Schon bevor ich überhaupt etwas mehr über das Vélez Cartel wusste, hatte ich mir eine Meinung gebildet, doch sie haben überhaupt keine Vorurteile gegen mich. Sicherlich ist hier alles videoüberwacht und ich könnte eh nichts anstellen, doch sie lassen mich hier herumlaufen und sie sind alle sehr nett zu mir. Sie haben keinen Grund mir dieses Vertrauen zu schenken, was ich ihnen wahrscheinlich nicht so einfach geben würde.

Kapitel 12

Neugierig gehe ich an Camas Haus vorbei.

Dahinter kommt nur dieser Hügel und etwas weiter weg sieht man wieder hohe Mauern. Hier muss das Gebiet enden. Es ist riesig. Es ist wie eine eigene kleine Stadt.

Ein schmaler, gepflasterter Weg zieht sich den Hang hinauf bis zur Kapelle. Je näher ich komme, desto mehr erkenne ich von ihrer Schönheit. Der Lehm, die alte Holztür und die bunten Holzfenster. Sie muss alt sein und ist gut erhalten, obwohl sicher nicht viel daran getan wurde. Das muss es auch nicht. Sie ist genau so perfekt.

Die Holztür öffnet sich schwer. Als ich dann eintrete, halte ich den Atem an. Die Kapelle ist klein, gerade mal drei Bänke stehen hintereinander vor einem steinernen Altar mit einem alten Holzkreuz und einer wunderschönen Figur, der heiligen Jungfrau Maria. Die Buntglasfenster lassen das Licht in kaleidoskopischen Farben hereinstrahlen, die Wände sind mit kunstvollen Fresken geschmückt.

Ich gehe nach vorne, bekreuzige mich und betrachte die vielen angezündeten Kerzen. Ehrfürchtig setze ich mich in die erste Reihe und atme durch. Es herrscht eine andächtige Stille, die mich tief berührt. Inmitten all dem Chaos und der moralischen Grauzonen, die ich heute erlebt habe, finde ich hier einen Moment des Friedens.

Nachdenklich schließe ich die Augen und sofort kommen mir Camas Worte und seine dunklen Augen in meine Gedanken. Ich weiß, dass dieser ganze Ort hier weit komplexer ist, als ich es angenommen habe. Es wäre einfacher, die Menschen hier als kriminell und schlecht hinzustellen, aber so ist es nicht. Zumindest ist das nicht alles.

Es ist so angenehm hier, dass ich einfach sitzenbleibe. Einen Moment denke ich auch an meine Mutter und kurz danach höre ich, wie die Tür aufgeht, ich drehe mich um und sehe in Camas dunkle Augen. Er bekreuzigt sich und setzt sich neben mich.

»Salvo hat mir gesagt, dass ich dich hier finde.«

Ich sehe wieder nach vorne und auf die Maria-Statue »Es ist wunderschön.« Cama lehnt sich zurück und sieht genau wie ich nach vorne. »Das ist es, ich bin viel zu selten hier.« Nun

136

wende ich mich doch zu ihm um und sehe in sein hübsches Gesicht. Seine Gesichtszüge haben diese Härte und doch ist er wunderschön, besonders in diesem Licht.

»Diese zwei ganz unterschiedlichen Seiten habe ich auf eurem Gebiet überall gefunden. Das Kartell und die Geschäfte und die Menschen, die doch so … anders sind, als man es erwartet. Es fühlt sich hier alles verboten und gefährlich und dann doch sehr familiär an. Du hattest recht mit deinen Worten von heute Morgen. Ich sollte mir das nächste Mal Zeit nehmen, mir erst ein ganzes Bild zu machen, bevor ich urteile.«

Cama lächelt. »Konntest du dir jetzt ein Bild machen?« Ich zucke mit den Schultern. »Ich denke ein wenig, aber hier gibt es so viele Seiten, dass das nicht so schnell geht.« Cama nickt. »Aber du hast recht. Genauso ist es im Grunde. Wir haben alle diese zwei Seiten an uns. Wir sind sehr hart und wie du es nennst gefährlich, wenn es um unsere Geschäfte geht, doch zu den Menschen, die wir mögen, die uns nichts getan haben oder die wir als unsere Familie sehen, sind wir ganz anders. Das gehört zu diesem Leben. Du solltest aber auch niemals den Fehler machen und uns unterschätzen.«

Nun muss ich leise lachen. »Keine Angst, das tue ich.«

Cama sieht mir in die Augen, sein Blick gleitet über mein Gesicht. »Ganz schön viele neue Eindrücke hier in Puerto Rico, oder? Wie kam es eigentlich, dass du gegangen bist?« Auf der Bank sitzt man nicht bequem und doch ist es mit dem Licht in dieser wunderschönen Kapelle gemütlich. Ich erzähle

Cama, wie meine Mutter damals unbedingt nach Amerika wollte um mir ein besseres Leben zu ermöglichen.

Er hört mir aufmerksam zu und als ich dann fertig bin, deutet er um sich herum.

»Und jetzt bist du zurück und musst alles, was du über Moral und Anstand gelernt hast, neu überdenken.« Sein Handy klingelt, ich stehe auf, weil auch ich losmuss, Cama steht ebenfalls auf und sieht vor dem Altar auf mich herab.

»Es ist alles neu und ungewohnt, doch ich habe nie gesagt, dass ich es nicht mag.« Cama steckt sein Handy wieder weg und lächelt, während ich vorgehe. »Aha, gut zu wissen. Willst du noch einmal mit ins Haus kommen und …?« Wir gehen zusammen den Hügel hinab, an seinem Haus vorbei und er deutet mir, mit ihm zu kommen.

»Ich habe aber auch nicht gesagt, dass ich es mag …« Cama lacht leise. »Das war klar.« Ich lächle und gehe zu meinem Auto. »Ich fahre nach Hause, da kann ich mich ohne Ablenkung am besten konzentrieren, denn wie du weißt, habe ich eine Aufgabe zu erfüllen. Sobald ich das getan habe, werde ich es dich wissen lassen.«

Mit diesen Worten steige ich ein.

Ich spüre weiter Camas Blick auf mir, doch sehe nicht noch einmal nach hinten, während ich das Gebiet verlasse, das genauso widersprüchlich ist wie der Anführer, der über all das herrscht.

Bis ich zu Hause bin, ist es schon früher Abend.

Ich habe gar nicht gemerkt, wie lange ich bei den Vélez war. Als Erstes gehe ich duschen, gebe Titus die nötigsten Informationen durch und telefoniere dann mit Marisol. Ich erzähle ihr ein wenig von dem, was war, auch sie ist ganz fasziniert, wie es tatsächlich bei den Vélez ist. Denn auch wenn man hier in Puerto Rico aufgewachsen ist, ist das meiste, was man über sie weiß, nur vom Hörensagen.

Nachdem ich aufgelegt habe, wollte ich nur meine Augen kurz schließen und plötzlich bin ich wieder auf dem Gebiet der Vélez. Es ist mitten in der Nacht, ich bin ganz alleine und gehe zu dem Gemeinschaftshaus. Von dort schallt laute Musik bis nach draußen. Ich gehe in das Haus, obwohl ich genau weiß, dass ich es nicht sollte. Überall sind Männer mit Waffen in der Hand und schießen in die Luft. Sie kauen auf irgendwelchen grünen Kugeln. Genau als ich mich umwenden und gehen will, fällt mein Blick in den Garten und wie von selbst tragen mich meine Beine zu dem Garten, der allerdings komplett leer ist. Hier ist niemand außer Cama, der im Pool mit drei Frauen beschäftigt ist. Mein Blick gleitet über seine nackte Brust, die Tattoos. Zwei Frauen küssen seinen Hals entlang und eine ist unter Wasser und …

Sein dunkler Blick durchbohrt mich. »Komm auch her, Solana, ich weiß doch, dass du das die ganze Zeit willst.« Er deutet mir zu kommen, doch ich schüttle den Kopf, auch wenn ich nicht aufhören kann, ihn und die Frauen zu beobachten.

»Nein, ich will das nicht. Du bist ein … Gangster und ich werde sicher nicht eine von diesen vielen Frauen werden …«

Er schiebt die Frauen von sich und kommt durch das Wasser zu mir. Mein Blick streift über seine braungebrannte, durchtrainierte Brust, wieso ist er nur so zum Anbeißen? Er steigt aus dem Pool und stellt sich so nah vor mich, dass sich wieder unsere Lippen fast treffen. Sein Duft umhüllt mich, ich würde am liebsten die Augen schließen und ihn küssen, nur einmal, doch sein dunkler Blick lässt mich nicht los.

»Das musst du, Solana. Du musst eine von vielen werden, damit du das hier spüren kannst ...« Er beugt sich zu mir, seine Lippen erobern meine und ich …

Keuchend setze ich mich auf. Mein Herzschlag rast und ich schüttle diesen merkwürdigen Traum von mir. Ich hatte in den letzten Tagen zu viel mit Cama Vélez zu tun. Es wird Zeit, dass ich das hinter mir lasse. Ich habe noch immer eine Gänsehaut und versuche, richtig wach zu werden und diesen Traum zu verdrängen.

Es kann nicht sein, dass er mir meine Tage und jetzt auch noch meine Nächte raubt.

Ein Blick auf die Uhr verrät mir, dass es mitten in der Nacht ist. Ich muss einige Stunden geschlafen haben. Statt mich wieder hinzulegen, mache ich mir einen Kaffee, öffne meinen Laptop und gehe noch einmal alle Dateien und die Grundstücke durch, die ich von Titus erhalten habe. Immer wieder stimmt etwas nicht, passt nicht. Erst kurz nachdem die Sonne aufgegangen ist, öffne ich eine Datei, die ich beinahe übersehen hätte, weil sie doch ein Stück weiter weg liegt, aber als ich es dann öffne und mir alles ansehe, beginne ich zu strahlen.

Das wird ein guter Tag.

Sobald ich all die Details und Unterlagen zusammengestellt, berechnet und ausgedruckt habe, mache ich mich fertig. Ich muss heute erst ins Büro und dann werde ich zur Kirche fahren, also wähle ich eine Hose statt eines Rockes und ein T-Shirt, was nicht zu eng anliegt. Ich binde mir einen festen Zopf, schminke mich und nehme dann all meine Unterlagen mit.

Bevor ich allerdings irgendwohin fahre, halte ich am Marktstand von meinem Vater. Ich streichle Snow, der wohl ein wenig unter Übelkeit leidet. Ich sage meinem Vater, er soll nach dem Markt auf mich warten. Ich hole ihn ab und wir gehen zusammen zum Tierarzt. Es ist zu niedlich zu sehen, wie besorgt mein Vater wegen des Hundes ist, den er nie haben wollte.

Ich packe eine Kiste mit dem leckersten Obst zusammen, das er heute dabeihat, dann fahre ich direkt zum Vélez-Gebiet. Die Wachleute sind verschlafen, ich hatte ganz vergessen, dass gestern noch eine Party stattgefunden hat. Der Mann, der gestern bereits da war, sieht nur kurz aus dem Wachhaus und erkennt mich.

»Du schon wieder, sollst du zur Besprechung, die gerade stattfindet?« Wie passend. »Ja, wo findet sie noch einmal statt?« Er lässt die Schranke hochfahren. »Im Gemeinschaftshaus. Sie hat schon vor einer halben Stunde begonnen.«

Umso besser, ich fahre direkt zum Gemeinschaftshaus. Die Straßen sind wie ausgestorben. Die meisten scheinen noch zu schlafen. Ich hole meine Unterlagen und den Obstkorb und betrete das Gemeinschaftshaus, sobald ich davor geparkt habe.

Oh mein Gott.

Hier war definitiv einiges los. Zwei Frauen sind dabei, den Müll, der im gesamten Haus verteilt ist, zusammenzukehren. Ich sehe zu einem schwarzen BH, der über einer Couch liegt und mein Blick gleitet automatisch zum Pool, bevor ich mich ermahne, mich zu konzentrieren.

Ohne weiter auf Details zu achten, gehe ich zu dem Raum, dessen Tür offensteht und aus dem Stimmen dringen. Ein Mann scheint sich gerade über etwas zu beschweren, es hört sich ganz danach an, dass er mit einer Entscheidung nicht zufrieden ist. Ich trete einfach mitten in seiner Rede ein und alle Blicke gleiten zu mir.

Okay, wow, ich hatte zwei, drei Männer erwartet, aber hier sitzen um die zwölf Männer, einer steht. Er wird gerade gesprochen haben. Ich sehe zu dem Mann mit den grünen Augen, der mich anstrahlt.

»Sieh an, wer da ist.«

Ich weiß noch immer nicht seinen Namen, obwohl ich ihm jetzt immer wieder begegnet bin. Neben ihm sitzt Cairo, der sich zurücklehnt und verwundert die Augenbrauen hebt. Die anderen Männer kenne ich nicht, bis auf Salvo, der neben dem Mann sitzt, der sich sofort aufsetzt, nachdem ich das Büro betreten habe.

Cama sitzt in der Mitte von allen und sein Blick liegt sofort auf mir. Ich erwidere ihn und lächle einmal in die Runde. »Tut mir leid. Ich wollte nicht stören, aber ich muss mich wieder meinen anderen Projekten widmen und davor wollte ich euch die Lösung präsentieren.« Ich stelle die Obstkiste auf den Tisch und breite die Papiere zwischen allen aus.

»Dieses Grundstück bieten wir euch statt dem, auf dem unser Projekt geplant ist. Es ist ein wenig weiter abseits, doch es hat viel mehr Vorteile.« Ich breite die Bilder aus. »Es liegt an einem stillgelegten Teil vom Hafen, der für euch wieder in Betrieb genommen werden könnte, somit habt ihr einen direkten Weg zum Transport, ohne dass ihr die normalen Anlegeplätze nutzen müsst. Ihr habt sogar euren eigenen Steg. Zudem habt ihr auf dem Grundstück bereits eine fertige Lagerhalle, die sogar um einiges besser ist als die, die ihr hier habt. Sie kann ausgebaut werden, sodass Waffen gelagert werden können, ohne dass sie rosten.«

Ich suche die richtigen Unterlagen heraus.

»Die passenden Lüftungsanlagen habe ich euch beigefügt. Es sind auch Pläne für zwei weitere Lagerhallen dabei, das müsst ihr entscheiden, wie viele ihr braucht. Zudem ist dort eine bereits zum Teil ausgebaute Scheune, die zu einer Unterkunft für die Männer umgebaut werden kann, die neu zu euch stoßen wollen, und es ist genug Platz für Trainingsgelände und andere Dinge. Es gibt noch zwei weitere Nebengebäude, die ihr für Besprechungen oder zum … Kundenempfang nutzen könnt.«

Die Männer sehen mich alle aus großen Augen an. Nun hat sich Cama auch zurückgelehnt und ich versuche, seinem durchdringenden Blick zu entgehen, indem ich alle nacheinander ansehe.

»Das war aber noch nicht alles. Der Platz wurde früher auch für Privatjets genutzt, was bedeutet, dass eine Landebahn vorhanden ist. Ich kenne mich mit euren Geschäften nicht aus, doch ich denke, das wäre eventuell nützlich. Außerdem kostet dieses Grundstück, da es etwas abgelegener liegt, zehn Prozent weniger als das, was wir brauchen.«

Zufrieden atme ich durch.

Es ist perfekt.

Sie wissen es. Ich weiß es. Das kann man nicht ausschlagen, deswegen lächle ich noch einmal alle an und schiebe den Korb mit Obst in die Mitte.

»Ich muss jetzt los, ihr könnt Titus über eure Entscheidung informieren. Ich lasse euch die Unterlagen da und Obst … was auch wirklich wie Obst schmeckt. Viel Spaß noch bei eurer Besprechung. «

Ich wende mich ab, spüre einige Blicke in meinen Rücken und höre dann die Stimme von dem Mann mit den grünen Augen.

»Ich wusste, dass sie nicht wie die anderen Frauen ist …« Dann höre ich ein raues Lachen, doch es ist mir egal. Ich weiß, dass jetzt alles gut wird. Das muss es.

Gut gelaunt fahre ich vom Grundstück ins Büro. Ich begrüße alle, sammle meine Unterlagen zu der Kirche ein und will aus dem Büro, da ruft mich Titus zu sich.

»Keine Ahnung, was du da gemacht hast, Solana, aber gerade hat Cama angerufen. Er ist sehr angetan von dem, was du ihm vorgeschlagen hast. Er lädt Freitagabend das gesamte Büro zum Abendessen bei ihm ein. Dabei will er alles zu dem neuen Projekt erfahren und wird dann seine Entscheidung bekanntgeben.«

Kapitel 13

Unsicher betrachte ich mich im Spiegel. Heute Abend sind wir beim Vélez Cartel zum Essen eingeladen. Vor wenigen Tagen hätte ich nicht einmal gedacht, dass ich das annehmen würde, jetzt habe ich mir sogar besonders viel Mühe gegeben, mich fertig zu machen.

Als ich die USA verlassen habe, wusste ich, dass sich einiges ändern wird, gerade habe ich das Gefühl, mein ganzes Denken und Sein hat sich geändert. Noch weiß ich nicht, ob mir das gefällt oder nicht, ich kann mich diesem Strudel, in dem ich gerade stecke, aber nicht so einfach entziehen, wie ich es gerne tun würde.

Carina hat mich angesteckt, sie hat sich sogar extra ein Kleid für heute Abend gekauft. So weit bin ich nicht gegangen, ich hatte vor, mir nicht einmal besonders viel Mühe zu geben, doch jetzt betrachte ich mich im Spiegel und ziehe das schwarze Kleid glatt, das meinen Körper wie eine zweite Haut umhüllt. Es ist sexy und edel, wenn auch nicht besonders außergewöhnlich. Der seidige Stoff betont meine Kurven und der tiefe Rückausschnitt verleiht dem Ganzen eine verlockende Note.

Meine Finger fahren über meine langen Locken, die ich mir heute besonders gründlich geformt habe. Mein Blick gleitet über mein Gesicht. Geschminkt, aber nicht zu gewagt, meine Augen strahlen und ich lächle leicht. Noch einmal drehe ich mich, um meine Wirkung zu begutachten.

Es ist das letzte Mal, dass ich mich mit dem Vélez Cartel umgebe. Cama hat auch die letzten Tage immer wieder meine Gedanken beherrscht, ich weiß, dass das aufhören muss, und auch wenn ich diesen Abend genießen werde, bin ich froh, dass es dann endet und ich mich wieder auf alles andere konzentrieren kann.

Gerade als ich meine Ohrringe anlegen will, vibriert mein Handy auf der Kommode. Ein Blick auf das Display zeigt den Namen meines Vaters.

»Papa?« Ich werde morgen zu ihm fahren, Snow geht es wieder besser und da ich zu viel zu tun hatte, habe ich es nicht geschafft, zu ihm auf den Markt zu fahren.

»Solana!« Seine Stimme klingt überraschend ausgelassen. »Stell dir vor, mein ganzer Marktstand wurde leergekauft! Snow und ich haben den gesamten Vormittag am Hafen verbracht. Ich konnte heute schon nach nur drei Stunden den Stand zumachen.«

Ich sehe zur Terrasse, die Sonne geht gerade unter. »Tatsächlich? Das ist doch fantastisch. Waren so viele Kunden da?« Bei meinem Vater ist es ruhig im Hintergrund. Er setzt sich fast jeden Abend auf die Bank vor dem Haus, sieht dem Sonnenuntergang zu und ruft mich an. Es ist eine kleine, nette Gewohnheit geworden und ich bin froh, dass ich morgen wieder neben ihm sitze und wir den Sonnenuntergang zusammen betrachten können.

»Nein, es waren nur zwei Stammkunden da, dann kamen drei Frauen. Sie haben erzählt, dass sie den Auftrag haben, mir alles Obst abzukaufen. Sie waren ganz begeistert. Sie haben gesagt, dass sie sich auf dem ganzen Markt nach mir erkundigt haben. Ich weiß nicht, woher sie meinen Nachnamen kannten, aber umso besser. Sie haben alles Obst und Gemüse gekauft, Eier und die ganzen Blumen. Sie waren mit einem Fahrer und einem kleinen Transporter da, ich habe ihnen geholfen alles einzuladen und sie haben sogar mehr bezahlt, als ich wollte. Damit haben Snow und ich uns einen schönen Tag am Hafen gemacht. Sie haben gesagt, dass sie öfter kommen wollen. Sie haben wohl einige Männer zu versorgen.«

Mein Herz schlägt schneller.

Das hat er nicht gemacht.

Das … ein Lächeln schleicht sich auf meine Lippen, also scheint ihm das Obst geschmeckt zu haben.

»Das freut mich, Papa. Ich bin morgen Mittag bei dir, wenn ich dir noch etwas mitbringen soll, sag Bescheid. Ich muss langsam los.« Noch einmal sehe ich in den Spiegel. »Viel Spaß dir, genieß den Abend.«

Mein Magen kribbelt. »Das werde ich.«

Nachdem ich aufgelegt habe, muss ich auch direkt losfahren. Ein letztes Mal zum Vélez-Gebiet.

Cama Vélez und die Geschichte, die uns verbindet, wird heute enden. Als ich zur Schranke komme, stehen die zwei Wachmänner am Auto von Carina. Ich warte ein paar Minuten, dann muss ich lachen und hupe. Diese Frau ist keinem Flirt abgeneigt. Sie winkt mir zu und fährt durch die Schranke. Als ich an den beiden Männern vorbeifahre, sehen sie kurz in meinen Wagen und dann kann ich Carina folgen.

Bisher wusste ich gar nicht, wo das Essen stattfindet. Carina fährt nach oben, wo die Häuser von Cama und Cairo stehen. Die beiden kann ich zuordnen, doch hier stehen noch zwei weitere Häuser, also scheint es vier wichtige Personen in diesem Kartell zu geben. Mein Auto passt noch genau hinter das von Carina.

Nachdem sie ausgestiegen ist, verstehe ich, wieso die Wachmänner mit ihr geflirtet haben. Sie sieht heiß aus. Anders kann man es nicht bezeichnen. Sie trägt ein goldfarbenes kurzes Trägerkleid, was genauso schimmert wie die langen Ohrringe, die sie dazu trägt. Ihr Ausschnitt sollte verboten werden und sie hat ein Strahlen auf den Lippen, was alles andere verblassen lässt.

»Wow, du siehst sexy aus. Eine richtig wunderschöne Latina, sieh dich an, dieser Rückenausschnitt. Woher hast du das Kleid? Wenn ich das hier nicht mehr bekomme, musst du es mir unbedingt leihen …« Carina küsst mich auf die Wangen und ist sofort in ihrem Element. Ich muss leise lachen, als sie mich einmal dreht, als wäre ich ihre persönliche Schaufensterpuppe. »Das musst du gerade sagen, du siehst aus, als hättest du heute noch mehr vor, als nur ein Geschäftsessen zu genießen.«

Sie zwinkert mir zu. »Das habe ich auch. Ich weiß, du kennst dich hier noch nicht gut aus, doch vertrau mir. Cama und Cairo Vélez sind das Heißeste und Gefragteste, was du in Puerto Rico bekommen kannst, im Grunde jeder Mann aus dem Vélez Cartel, doch die beiden oder einer der beiden Cousins …«

Genau in diesem Moment kommt der Mann mit den grünen Augen aus einem der Häuser, die ich bisher nicht zuordnen konnte und fasst sich ans Herz, als er uns entdeckt. »So viel Schönheit auf einem Fleck, womit haben wir das verdient?«

Er kommt zu uns. »Ach, das ist also ein Cousin von den beiden?« Carina nickt. Ja, Ikal und sein Bruder Santino.« Er kommt zu uns und nimmt erst meine Hand in seine, um einen Kuss auf meinen Handrücken zu geben und dann die von Carina. »Mit eurer Einladung, Ikal, habt ihr das verdient.« Er zwinkert Carina zu. »Stimmt, da war doch was. Dann lasst uns reingehen. Ich glaube, ihr seid die Letzten. Wie sagt man: Das Beste kommt zum Schluss.«

Er führt uns in das Haus, Carina bleibt stehen und sieht sich beeindruckt um. »Das ist wunderschön, wow, diese Möbel, ist das ... oh, mein Gott, ist das echtes Gold um den Spiegel, das ...? Die Frau, die irgendwann mal an der Seite von Cama sein wird, hat unglaubliches Glück.« Ikal und ich warten auf den Treppen auf sie. Am liebsten würde ich ihr sagen, dass da noch mehr sein muss als eine schöne Einrichtung und ein besonderes Haus, doch ich will einfach nur einen angenehmen Abend und dann dieses Kapitel beenden.

»Ich bezweifle, dass mein Cousin eine Frau findet, die es schafft, ihn an sich zu binden. Ich kenne ihn, wenn das eine Frau schafft, muss das schon eine ganz außergewöhnliche sein, was denkst du, Solana?«

Er strahlt mich an und ich kann nur schmunzelnd den Kopf schütteln. »Ich habe richtig Hunger, das denke ich.« Carina ist wieder bei uns, wir gehen nach oben, mein Blick fällt aus dem runden Fenster, die Kapelle kann man kaum erkennen, nur zwei Laternen, die etwas Licht spenden.

Ikal bringt uns zu dem Raum, in dem Salvo und ich gearbeitet haben. In der Tür bleibe ich stehen. Er war schon beeindruckend, als er noch als einfacher Besprechungsraum gedient hat, jetzt muss ich zweimal hinsehen.

Der lange Tisch ist festlich gedeckt, mit Kerzenleuchtern, Kristallgläsern, und den gesamten Tisch entlang stehen Vasen mit den Sträußen meines Vaters. Ungläubig schüttle ich den Kopf. Es duftet hier fast wie bei uns zu Hause durch die Blumen. Titus und Pablo sind schon da und stehen am anderen Ende des Raumes, sie haben alle Weingläser in den Händen und ich erkenne Cairo und noch einen Mann bei ihnen.

»Ich hoffe, du hast Hunger.« Eine raue mir inzwischen gut bekannte Stimme lässt mich meinen Blick von diesem wunderschön gedeckten Tisch nehmen. Ich wende mich halb um. Camas Präsenz braucht man nicht einmal mit den Augen zu sehen, man spürt sie. Sein Duft vertreibt den der Blumen, seine dunklen Augen streifen mein Gesicht entlang und die dunklen Wimpern umrahmen das Ganze noch einmal.

»Das habe ich tatsächlich.« Auch mein Blick gleitet einmal über ihn. Er trägt eine schwarze feine Anzughose und ein schwarzes Hemd, was oben weiter aufgeknöpft ist. »Dann wollen wir dich nicht hungern lassen.« Er deutet mir vorzugehen, dabei legt sich seine Hand einen winzigen Moment an meinen Rücken. Da ich solch einen tiefen Rückenausschnitt habe, berührt er meine Haut und wieder spüre ich diese angenehme Wärme an dieser Stelle.

»Ich denke, nun sind alle da. Willkommen bei der Vélez Familie, setzt euch doch.« Cairo sieht zu Cama und mir und bittet alle, sich zu setzen. Ich nehme neben Carina und Ikal Platz, Cama und Cairo setzen sich nach vorne, die anderen verteilen sich, und als wir alle sitzen, sieht Cama in die Runde.

»Wir haben euch heute eingeladen, da wir nun schon eine Weile immer wieder mit euch zusammenarbeiten. Dieses Mal habt ihr uns überzeugen wollen, auf ein Grundstück zu verzichten und uns eine sehr gute Alternative geboten ...« Sein Blick fällt zu mir, doch dann sieht er wieder in die Runde. »Ich möchte gerne mehr über euer geplantes Projekt erfahren, dafür seid ihr hier, doch erst einmal hoffe ich, dass ihr das Essen genießt.«

Wie aufs Stichwort kommen drei Kellner herein. Sie bringen mehrere Teller mit und gießen uns Wein ein. Das Abendessen beginnt mit einer leckeren Vorspeise, ein kleiner Salat mit unglaublich leckeren Brotscheiben mit Avocadocreme und Tomaten mit Olivenöl drauf. Es ist so lecker, dass ich am liebsten noch einen Teller davon nehmen würde.

Ikal und Carina versuchen währenddessen herauszufinden, wo sie sich das erste Mal getroffen haben. Ich erfahre, dass es immer mal wieder Grundstücke gab, wo sich die Immobilienmakler, mit denen wir arbeiten, und die Vélez in die Quere gekommen sind, bisher war das Cartel nie bereit, sich etwas anderes zu suchen, ich hoffe, dass es dieses Mal so sein wird. All die Pläne und Arbeit wären sonst vergeblich. Wir haben jetzt alle Zustimmungen und Gelder zusammen, in zwei Wochen könnten die Arbeiten beginnen, es fehlt nur noch dieses Okay, was wir hoffentlich bekommen werden.

Der zweite Gang wird gebracht.

Es ist ein zartes Stück Lamm mit wunderbar gewürzten Kartoffeln und Möhren, die Soße ist so lecker, dass ich am liebsten den Teller abschlecken würde, was ich natürlich nicht tue. Während sich alle unterhalten, spüre ich immer wieder Camas Blicke auf mir, hin und wieder treffen sich unsere Blicke. Ich will dem nicht zu viel Bedeutung zumessen, ich darf es nicht und doch spüre ich jeden einzelnen Blick wie eine Berührung.

Nach dem Hauptgang bekommen wir einen leckeren Champagner gereicht, auch dieser ist so gut gewählt, dass es mich überraschen sollte. Titus, der sich mit Cama unterhält, deutet auf mich und lächelt. »Vielleicht sollte Solana erzählen, was genau für dieses Grundstück geplant ist. Wir hatten die Pläne, darauf einen tollen Apartmentkomplex zu gestalten und haben Ausschreibungen dafür an die Unis hier und einige in Amerika geschaltet für Bewerbungen. Wir brauchten dringend Unterstützung und dachten, so ist es ein guter Weg, jemand Kreativen zu finden, der zu uns passt. Es ist ihre Vision, ihre Idee, die uns sofort gefesselt hat und die wir nun unbedingt umsetzen möchten. Erzähl ihnen davon, Solana.«

Oh nein, bitte nicht. Ich weiß, wir haben uns darauf vorbereitet, doch ich dachte, ich komme drum herum und Titus würde das übernehmen, doch nun schiebt Carina mir den Umschlag mit den Bauplänen zu.

Was soll's, ich stehe auf, nehme die Kopien aus dem Umschlag und reiche sie an die Männer der Vélez weiter, die in meiner Nähe sitzen, sie geben sie weiter.

Als Camas Blick auf mich fällt, halte ich einen Moment ein. Seine Augen gleiten über mein Kleid, verweilen einen Moment zu lang auf meiner Silhouette. Ein Kribbeln, das meinen Bauch erfasst und sich bis in meine Fingerspitzen zieht, durchfährt mich. Ganz ruhig, ich bemühe mich, gelassen zu bleiben, doch die Anziehungskraft zwischen uns lässt sich in diesem Moment noch nicht einmal von mir leugnen, so sehr ich es auch versuche.

Kapitel 14

Froh darüber, dass er sich die Papiere ansieht, die ihn in diesem Moment gereicht werden, räuspere ich mich und setze mich wieder, bevor ich alle Blicke auf mir spüre.

»Wie ihr seht, ist das Projekt, das wir planen, sehr umfangreich. Da ich in den USA gelebt habe, aber Puerto Rico natürlich immer weiter beobachtet habe und es auch in meinem Wirtschaftskurs behandelt wurde, habe ich gemerkt, dass eines der größten Probleme die starke Kluft zwischen Arm und Reich ist. Es gibt hier kaum noch etwas dazwischen. Die Mittelschicht ist kaum noch vorhanden, was daran liegt, dass sich auch die beiden Schichten voneinander entfernen. Sie leben in unterschiedlichen Vierteln, besuchen unterschiedliche Schulen, es gibt Supermärkte, die die Wohlhabenden besuchen und andere, wo nur die Ärmeren hingehen. Genau das wollen wir in diesem Pilotprojekt ändern.

Dieses Wohnviertel wird zu beiden Teilen vergeben. Es werden dort wohlhabende Familien leben und zum gleichen Teil Familien, die sich solche Wohnungen nicht leisten können. Sie bekommen staatliche Unterstützung. Der Präsident hat diesem Projekt, wie ihr wisst, bereits zugestimmt. Man sollte meinen, dass die Zusage eines Präsidenten reicht, aber hier sitzen wir ...« Ich konnte mir das nicht verkneifen und höre Ikals heiseres Lachen.

»Der Gedanke dahinter ist, dass die Menschen beginnen, sich zu begegnen. Es gibt einen Gemeinschaftspool, gemeinschaftliche Grillbereiche, einen Gemeinschaftsgarten. Es sind zwei Supermärkte geplant, die sich alle leisten können. Die Geschäfte, die dort hineinkommen, werden genau auf diese Idee hin ausgesucht. Die zwei Schulen in der Nähe haben uns ihre Zustimmung gegeben und somit vermischt sich alles wieder. Man kann so etwas nicht erzwingen, doch wenn zwei Jungs zusammen zur Schule gehen und dann nach der Schule zusammen Fußball spielen, kommt der eine Junge vielleicht in den Genuss zu erleben, wie es ist, in einer Großfamilie zu leben, während der andere in Ruhe mit ihm zusammen für die Schule lernen kann. Die Mütter lernen sich kennen, unterstützen sich, man schließt Kontakte, sodass vielleicht ein Vater eine Stelle in einem Konzern bekommt, an den er sonst niemals herangekommen wäre. Das wird über Generationen so gehen, zusammen leben verbindet, und genau das fehlt dem Land.«

Cairo sieht mich interessiert an. »Und das wollen die Menschen auch?« Ich deute auf eine Liste, die sie auch vor sich haben. »Wir haben noch nicht einmal zu bauen begonnen und schon dreimal so viele Anfragen wie Wohnungen. Diese Beispiele sind nicht neu. In anderen Ländern sind ganze Viertel so umstrukturiert worden, indem sich wohlhabende Familien Wohnungen in ärmeren Gegenden gesucht haben, so hat sich alles geändert, die Geschäfte, die Umsätze, die Nachbarschaft, alles ist neu erblüht. Diese Mischung bringt Wunder hervor und genau solch ein Projekt braucht Puerto Rico.«

In einem weiteren Umschlag sind die Bilder von den Gärten und Wohnungen. Dabei vermeide ich es, zu Cama zu sehen, ich spüre die Intensität seiner Aufmerksamkeit und versuche sie zu ignorieren.

»Dazu habe ich gedacht, sollten wir die Gestaltung auch besonders halten. Modernes und Altes verbinden, ähnlich wie hier die modernen Villen und die Kathedrale. Das wird man im Design immer wieder finden. Wir haben diesen alten Brunnen, der aus dem alten Viertel San Juans stammt. Er war so alt und ungenutzt, dass er einer neuen Parkgarage weichen musste. Wir haben ihn übernommen, er wird gerade restauriert und repariert und dann in einen der Gärten eingesetzt. Genau wie alte Fliesen, die wir gespendet bekommen haben … es wird ganz besonders, wenn auch alle damit einverstanden sind.«

Ich atme aus. Egal wie sehr ich es probiere zu erklären, keiner wird verstehen, wie besonders dieses Projekt wird.

Nun sehe ich mich wieder um und zu Cama, dessen Augen auf mir ruhen, als gäbe es in diesem Raum nichts anderes, was zählt. »Das ist beeindruckend.« Cairo zieht die Augenbrauen hoch, Titus nickt und lächelt. »Das ist es, ich hoffe, ihr versteht, wieso uns genau deswegen dieses Grundstück so wichtig ist, es ist schon alles verplant und durchdacht.«

Cama sieht immer noch zu mir, dann nickt er. »Das ist tatsächlich beeindruckend und wir verzichten auf das Grundstück. Ich wünsche euch allen viel Erfolg damit, wir haben eine mehr als gute Alternative angeboten bekommen, die wir gerne annehmen.«

Endlich, mir und allen anderen fallen tausend Steine vom Herzen. Somit kann das Projekt endlich starten. Ich höre noch weitere Worte von Titus, doch ich strahle Carina an, die meine Hand unter dem Tisch nimmt und drückt. »Du warst großartig.«

Passend zu dieser guten Wendung wird das Dessert aus einem kleinen Schokoladenkuchen mit flüssigem warmem Kern, Erdbeeren und Vanilleeis gebracht. Spätestens danach kann ich nicht mehr. Nun haben wirklich alle gute Laune, und Carina, Pablo, Ikal und die anderen Männer beschließen, das Ganze noch mit ein paar Cocktails im Onel zu feiern. Selbst Titus sagt erleichtert zu, Ikal und Carina sind die Ersten, die runter zu den Autos gehen, es scheint so, als haben sich da zwei gefunden.

Als sich dann nach und nach auch die anderen erheben, um langsam zu den Autos zu gehen, winke ich ab und sage, dass ich viel zu müde bin. Ich bleibe noch einen Moment sitzen,

Cama erklärt, dass er vielleicht später nachkommen wird, was einen kurzen Blick zwischen uns hervorruft. Er begleitet die anderen noch hinaus und auch ich stehe auf und schiebe alle Unterlagen wieder zusammen, um sie in den Umschlag zurückzulegen. Wer weiß, ob sie nicht doch noch mal jemand anderes überzeugen müssen.

Im Grunde weiß ich, dass ich mit den anderen hätte gehen sollen, zumindest mit ihnen zusammen aus dem Haus hätte gehen müssen, doch dieses Kribbeln im Bauch und das Wissen, dass das der letzte Anlass ist, der uns zusammenführt, lässt mich meine Sachen zusammenräumen und erst wieder aufsehen, als Cama alleine zurückkommt.

Wir beide spüren dieses Knistern in der Luft, es wäre dumm es abzustreiten und doch versuche ich, noch einen klaren Kopf zu behalten. »Wusstest du schon vorher, dass du uns das Grundstück gibst oder habe ich dich wirklich erst heute Abend überzeugt?« Als Letztes gehe ich zu seinem Platz und sammle die Unterlagen ein.

Cama kommt zum Tisch und gießt in zwei ungenutzte Gläser noch etwas Wein. Auch das lässt mich unvernünftiger sein, die Leichtigkeit in mir ist auch auf diesen leckeren Wein zurückzuführen.

»Das ist schwer zu sagen, du hattest mich auch schon mit dem neuen Grundstück, aber ich wollte unbedingt wissen, was du geplant hast.« Cama tritt zu mir und reicht mir ein Glas. »Der Wein ist sehr lecker, aber ich muss aufpassen, dass es mich nicht zu … unvorsichtig werden lässt.« Cama lächelt, er ist viel zu nah, ich packe auch die letzten Papiere ein und wende mich dann ganz zu ihm um.

»Und hat dich meine Planung überzeugt?« Cama sieht mir in die Augen. Spätestens jetzt weiß ich, dass wir, ohne dass wir uns zu nahe gekommen sind, an diesem Abend doch schon viel zu weit gegangen sind. Cama sieht mich ernst und nachdenklich zugleich an. Seine Augen sehen in meine, als versuche er, Antworten zu finden.

»Überzeugt? Du bist eine Überraschung, Solana. Wahrscheinlich habe ich das schon am ersten Abend im Club gespürt und das war der Grund, wieso ich all das zugelassen habe … ich weiß es nicht. Wie gesagt, du bist eine Überraschung …«

Noch bevor ich antworten kann, legt sich seine Hand an meine Wange und ich weiche nicht weg. Sein Blick wird nun noch dunkler, er streicht mit seinem Daumen über meine Wange. Wieder sind unsere Lippen viel zu nah, ein letztes Mal warnt mich mein Verstand, doch ich will das hier viel zu sehr. Dieses Mal kann ich mich dem nicht mehr entziehen. Als er sich endlich zu mir beugt und mich küsst, würde ich am liebsten laut aufseufzen. Diese aufgeladene Spannung der gesamten Zeit zwischen uns lässt sich das hier viel zu intensiv anfühlen.

Cama küsst meine Lippen, langsam und zärtlich. »In so Vielem bist du eine Überraschung, Solana.« Seine Stimme ist rau und leise und als ich meine Arme um seine Schultern lege, lässt auch er endlich ganz los und küsst mich tief und sehnsüchtig.

Gott, ich habe sogar davon geträumt und doch kommt es an das hier nicht heran. Cama Vélez ist eine Macht, die man nicht fassen kann, in keinem Bereich und das spüre ich sogar hier. Ich vergesse alles um mich herum, als ich ihn so tief spüre. Er erobert meine Lippen und meinen Mund mit einer Leidenschaft, die mich mitreißt. Sein Geschmack macht süchtig, ich ziehe ihn enger an mich, meine Hände gleiten seinen Nacken entlang in seine Haare, und als er den Kuss löst, erobern seine Lippen meine gleich wieder.

Es braucht nur diesen Kuss, um mich ganz fahrig zu machen. Den ersten Kuss haben wir uns nur gespürt und genossen, dieses Mal drängt Cama mich zum Tisch und ich nestle mit meinen Händen an seinem Hemd herum. Mit einer schnellen Handbewegung hat Cama den Tisch hinter mir samt den Tellern und Gläsern leergefegt, sodass ich mich darauf setzen kann. Wir ignorieren das Scheppern und Poltern und er setzt mich auf den Tisch. Und als er diesen Kuss beendet, gleiten seine Lippen meinen Hals entlang und ich habe es endlich geschafft, ihm das Hemd zu öffnen und von ihm zu schieben.

Meine Hände streichen über seine muskulöse Brust, die weiche Haut über den harten Muskeln zu den Haaren unter seinem Bauchnabel, die nach unten in die Hose führen. Es ist kein Wunder, dass die Frauen alles für ihn tun, ich wollte niemals eine von Vielen sein, doch gerade ist es mir egal, ich will ihn spüren.

Seine Lippen hören auf, sich voranzuarbeiten und ich seufze tatsächlich auf. »Hör nicht auf.« Seine Lippen küssen entschuldigend meine Wange entlang. »Das habe ich nicht vor, glaub mir ...« Mit diesen Worten streift er mir das Kleid von den Schultern und drängt sich so zwischen meine Beine, dass ich seine harte Erregung an meiner Mitte spüren kann. Cama sieht auf meinen roten Spitzen-BH und lächelt. »Immer wieder eine Überraschung.« Er öffnet den BH und dieses Mal erobere ich seine Lippen, Cama drückt sich enger an mich und der Druck in mir baut sich weiter auf. Ich habe gar nicht gemerkt, wie sehr mir die Nähe eines Mannes fehlt, bis gerade eben, doch das hier ist mit nichts zu vergleichen, was ich bisher hatte.

Dieser Kuss. Cama weiß, was er tut, mit geschickten Fingern hat er meinen BH geöffnet und seine großen Hände umfassen meine Brüste und reiben die Brustwarzen.

Er beendet den Kuss nur, um sich mit diesen süchtig machenden Lippen meinen Brüsten zu widmen, gleichzeitig greifen seine Hände unter den unteren Teil meines Kleides und schieben es nach oben, sodass er auch meinen roten Slip sehen kann, den er mir ohne zu zögern auszieht. Seine Hände fahren meine Oberschenkel entlang. Er lässt von meinen Brüsten ab, als sich seine Finger in meine Mitte schieben und er spürt, wie bereit ich bin.

Ich stöhne auf, Camas Lippen sind noch an meinen, ich sehe ihn an, unsere Augen finden sich und er dringt erneut mit seinem Finger in mich ein. Ich stöhne laut auf und lehne mich ein wenig nach hinten. Cama hört nicht auf, mir in die Augen zu sehen, er zieht seine Finger heraus und sein Blick wird dunkler. »Noch einmal.« Ich gehorche, ich kann nicht anders, ich stöhne wieder laut auf und er erobert meine Lippen, während seine eine Hand meinen Körper entlangfährt und die andere mich weiter und weiter vorantreibt.

Dieses Mal beende ich den Kuss, so schwer es mir fällt, doch ich kann nicht mehr, ich will ihn ganz spüren. Ich greife nach seinem Hosenknopf und öffne seine Hose. Sobald diese nach unten gleitet, ziehe ich seine Shorts herunter und umfasse seine harte Erregung. Wieder diese weiche Haut über dieser Härte. Ich stocke einen Moment. Er ist groß und dick, das sollte mich nicht so überraschen, doch ich zögere nur kurz, bevor ich meine Hand über seine Erregung gleiten lasse. Cama zieht seine Finger aus mir zurück und seine Hände gleiten unter meinen Po, er rückt mich auf dem Tisch zurecht, seine Lippen verwöhnen meine Brust und sobald ich seine Erregung loslasse und zu meiner Mitte führe, dringt er in mich ein.

Dieses Mal stöhnen wir beide. Cama füllt mich komplett aus. Wie in allen Sachen macht er keine halben Sachen, auch das ist beeindruckend, ich lehne mich zurück, während Cama sich herauszieht und sofort wieder zustößt. Einen Moment sehe ich ihm in die Augen und er streicht mit seinen großen Händen meinen Körper entlang, als wolle er auch jeden Zentimeter davon spüren. Die Welt um uns herum verschwimmt, und alles, was zählt, ist der Moment, den wir miteinander teilen. Erst genießend, immer wieder finden sich unsere Lippen, dann wird er schneller und ich setze mich auf, lege meine Arme um seine Schultern, kralle mich an ihm fest und küsse ihn, während Cama uns beide so schnell und fest fliegen lässt, dass wir beide eine ganze Weile brauchen, um danach wieder zu Atem zu kommen.

Meine Stirn ist auf Camas Schulter, ich küsse seine weiche Haut und versuche meinen Herzschlag zu beruhigen, während Cama mich enger an sich zieht und meinen Rücken entlangstreicht.

Das war … unglaublich.

Heiß, befriedigend und süchtig machend.

Seine Lippen küssen meine Schulter, meine Wange und dann legt er seine Hand an mein Gesicht, bringt mich so dazu, ihn anzusehen. Er lächelt, küsst meine Lippen und erobert meinen Mund für einen ganz anderen Kuss, einen zarten Kuss. Mein Herzschlag beschleunigt sich sofort wieder und ein ganz anderes Gefühl kommt auf. Das hier, dieser Kuss ist noch intimer als das, was wir gerade hatten, ich genieße ihn und weiß zeitgleich, dass das nicht gut ist, all das nicht, es fühlt sich viel zu richtig an, doch das ist es nicht.

Cama beendet den Kuss wieder mit einigen kleinen Küssen, ich weiß, dass ich das nicht zulassen darf. »Das war …«, ich hebe die Augenbrauen und greife nach meinem BH, um mich so aus seinen Armen zu befreien, auch wenn es sich zu gut anfühlt. »Das war ein gelungener Abschluss.« Ich muss leise lachen und Cama zieht die Augenbrauen hoch. »Das kann man so sagen.« Unter seinem dunklen Blick ziehe ich mir meinen BH an und rücke mein Kleid zurecht. Ich weiß nicht, wo er meinen Slip hingeworfen hat und ich werde ihn jetzt auch nicht suchen.

Cama schließt seine Hose wieder, hat aber sein Hemd noch nicht an. »Lass uns noch zu den anderen in den Club fahren, wir sollten ...« Ich nehme meine Papiere und meine Handtasche und schiebe mir die Haare nach hinten. Meine Augen streifen über Cama, er ist perfekt, zu perfekt, alles an ihm, außer, dass wer er ist. Ich kann mich einmal fallen lassen, doch ich kenne auch die Grenzen. Deswegen gehe ich noch einmal zu ihm, gebe ihm einen Kuss auf die Lippen und lächle. »Nein, ich gehe nach Hause, aber viel Spaß noch im Club.« Cama lacht leise auf und obwohl ich stark bleiben wollte, küsst er mich noch einmal so süß wie zuvor und ich kann mich dem nicht entziehen.

Noch einmal schlinge ich meine Arme um seine Schultern und würde am liebsten dieses Spiel noch einmal von vorne beginnen, doch Cama beendet den Kuss und sieht mir in die Augen.

»Weißt du, was mir Spaß gemacht hat? Dich Wildkatze einmal ein wenig gezähmt zu sehen. In meinen Armen bist du weich geworden, ich könnte süchtig danach werden.« Er grinst mich frech an und ich hebe die Augenbrauen, muss aber auch lächeln.

Mit meinen Fingern streiche ich über seine Schulter, auf der zwei Kratzer von mir zu erkennen sind, sie ziehen sich bis runter zu der gefährlichen, tödlichen Schlange und müssen irgendwann in der letzten halbe Stunde entstanden sein.

»Du hast mich nicht gezähmt, Cama.« Ich gebe ihm noch einen Kuss, nehme meine Tasche und meine Unterlagen und gehe aus dem Büro, dabei höre ich noch sein raues leises

Lachen und auch wenn ich weiß, dass es das Beste ist, zu gehen und das hier alles ein für alle Mal hinter mir zu lassen, rumort mein Magen verdächtig.

Und selbst als ich unten ankomme und in mein Auto steige, um das letzte Mal das Vélez-Gebiet zu verlassen, fühlt es sich nicht so richtig an, wie es das sollte.

Kapitel 15

Die kühle Luft des Herbstabends schleicht sich unter meinen Mantel, während ich durch das große Portal der Universität trete.

Es fühlte sich surreal an, nach den ersten Wochen wieder hier zu sein. Die vertrauten Gänge, die marmornen Wände, die Geräusche von Studenten, die durch die Hallen huschen – alles ist so vertraut und doch seltsam fremd. Es hat nur einige Wochen in Puerto Rico gebraucht, um all das ein wenig in Vergessenheit geraten zu lassen.

In Michigan ist der Herbst gekommen und ich bin froh über die Wärme der zwei Pizzakartons in meinen Händen. Der warme Duft von geschmolzenem Käse und Gewürzen zieht mir in die Nase. Mein Herz schlägt schneller, je näher ich dem alten Hörsaal komme, in dem ich viel Zeit verbracht habe. Die Erinnerungen überkommen mich bei jedem Schritt, jedem Bild, an dem ich vorbeigehe.

Wie oft ich hier langgelaufen bin, in diesen Räumen, aufmerksam den Worten der Professoren gelauscht habe, manchmal auch nur so getan, als wäre ich voll bei der Sache, während meine Gedanken woanders waren. Nun bin ich wieder hier, einige Wochen später. Ich hatte nicht gedacht, dass sich so schnell etwas ändern wird und doch fühlt es sich ganz danach an.

Die Türen der Hörsäle öffnen sich und die Studenten strömen in Richtung der Cafeteria. Ein wissendes Lächeln schleicht sich auf meine Lippen, als sie ganz neidisch auf die Pizzapackungen in meinen Händen sehen, doch die habe ich für jemand Bestimmten mitgebracht und sobald ich den Hörsaal betrete, den ich angesteuert habe, entdeckt er mich und seine vertraute Stimme durchfährt den Raum.

»Solana! Was für eine Überraschung.« Malcom steht gerade mit zwei Studentinnen am Lehrerpult und reicht ihnen Unterlagen, doch sein Blick gleitet über mich. Ein warmes Lächeln breitet sich auf seinem Gesicht aus. Er sieht genauso aus wie immer, vielleicht ein bisschen müder. Es wundert mich nicht, dass die beiden Studentinnen ihn anlächeln und ihm verstohlene Blicke zuwerfen.

170

»Professor Brown, ich bin seit gestern in der Stadt. Filias' Geburtstag war gestern und ich hatte noch einige Kartons gelagert, die ich nun aussortiert habe. Und bevor es für mich zurückgeht, dachte ich, sage ich meinem Lieblingsprofessor noch einmal hallo«, antworte ich und hebe die Pizzen. »Ich hoffe, Sie haben Hunger.«

Die beiden Studentinnen verlassen den Raum, doch es sind noch einige andere im Saal, die sich nur langsam von ihren Stühlen erheben. Malcom kommt zu mir und umarmt mich einen Moment.

»Den habe ich, wie geht es dir? Ich habe oft an dich denken müssen. Du hast mir ja geschrieben, dass dein Projekt nicht ganz so einfach umzusetzen ist wie geplant, wie läuft es damit? Wie läuft es in Puerto Rico? Du siehst gut aus. Die Sonne tut dir gut.« Sein Blick gleitet über mich, während ich den Mantel öffne. Ich trage darunter Stiefel, eine schwarze Leggins und einen engen Rollkragenpullover. Ich weiß, dass ich etwas gebräunter als sonst bin und dass auch meine Haare ein wenig durch die Sonne aufgehellt wurden.

»Ich liebe es. Mir tut es gut, zurück in meiner Heimat zu sein. Ich musste mich bei einigem umstellen und auch ein wenig … meine Denkweise ändern, aber es tut gut.« Meine Gedanken wandern wie so oft die letzten zwei Wochen zurück zu meinem … ich weiß nicht einmal, wie man es benennen soll. Abenteuer mit Cama. Ich habe ihn seitdem nicht mehr gesehen oder etwas von ihm gehört, so wie es sein sollte, und doch muss ich ständig daran denken.

»Und das mit dem neuen Projekt ist jetzt endlich durch. Es hat lange gedauert und es gab Komplikationen ...« Wieder sehe ich Camas Grinsen vor mir und schüttle leicht den Kopf. »Aber es ist durch. Am Samstag gibt der Präsident sogar ein Bankett für uns. Mein Chef sagt, er will vor der Presse und allem anderen nur damit angeben, dass solch ein Projekt entsteht, als hätte er etwas damit zu tun, doch mir ist es egal. Am Montag beginnen die Bauarbeiten.«

Der letzte Student geht an uns vorbei. »Hören Sie, Mister Campten? Der Präsident. Sie saß noch vor einigen Wochen genau wie Sie hier, also beim nächsten Mal nicht die Aufgaben über den Sommer so schleifen lassen.« Der Student lacht auf, nickt uns zu und verlässt den Raum. Malcom folgt ihm und schließt die Tür hinter ihm, während ich die Pizzen auf den Tisch stelle.

Als ich mich wieder zu ihm drehe, ist er schon bei mir, seine Lippen erobern meine mit einer Sehnsucht und Intensität, die mich überrascht die Augen schließen lassen. Damit hatte ich nicht gerechnet. Malcoms vertrauter Duft hüllt mich ein, seine Lippen gleiten gierig von meinen Lippen zu meinem Hals, seine Hände umfassen meine Hüften und er drängt sich so fest an mich, dass ich seine Erregung schwer und prall an meiner Mitte spüre.

»Du hast mit gefehlt, Solana, ständig ...« Ich atme ein, will mich diesem Rausch, der ihn überkommen hat, hingeben und beiße mir auf die Lippen, als er mit seinen Händen über meine Brüste gleitet. Das war jahrelang immer wieder in meinen

Gedanken, mit meinem Professor hier im Hörsaal, ich wollte ihn so lange, und jetzt …

Seine Lippen erobern meine fordernd und dieses Mal küsst er mich tiefer. Es fühlt sich anders an, all das. Ich versuche es zu verdrängen, küsse ihn zurück und doch schleicht sich wieder die Erinnerung an Cama in meine Gedanken, wie er sich angefühlt hat, wie sich sein Kuss angefühlt hat.

»Stimmt was nicht?« Ich habe nicht einmal gespürt, dass ich den Kuss habe ausklingen lassen. Malcom drängt sich an mich und küsst meine Wange. Das darf nicht wahr sein, mit aller Gewalt dränge ich Cama aus meinen Gedanken, doch schon allein der Versuch hindert mich daran, im Hier und Jetzt zu sein. Malcom geht einen Schritt zurück und sieht mich an.

»Es hat sich sogar noch mehr verändert, oder?« Panisch über die Erkenntnis, wie sehr mich die Nähe zu Cama noch beeindruckt und nicht loslässt, wische ich mir über die Stirn, als könnte ich so meine merkwürdigen Gefühle einfach wegwischen. Es war ein stürmischer, ungefragter Moment, der mich kalt erwischt hat. Das muss es sein. Mein Herz rast – nicht vor Freude, sondern aus Panik.

»Was? Nein! Nein, niemals, es ist nichts, ich war nur … das war überraschend, ich …« Malcom lächelt und küsst meine Stirn. »Es war klar, dass du die Herzen der Männer erobern wirst, ich dachte nur nicht, dass es auch endlich mal ein Mann schafft, deines für sich zu gewinnen.«

Was? Was redet er da … ich … Mir wird übel, ich habe das Gefühl, überhaupt nicht mehr klar denken zu können, was Malcom merkt und die Pizzakartons öffnet.

»Jetzt lass uns erst einmal die Pizza genießen, ich möchte alles zu den neuen und den anderen Projekten erfahren, besonders das mit der Kirche. Hast du schon mit den anderen …?«

Er lenkt mich zu einer Sitzbank und einem Tisch und ich bin ihm dankbar, dass er mir hilft, Cama und diese merkwürdigen Gefühle, die mich gerade unvorbereitet und aus dem Nichts getroffen haben, wieder weit von mir zu schieben.

Kapitel 16

»Das darf doch nicht wahr sein!«

Wütend bleibe ich stehen und sehe zu der Stelle, auf der gerade noch mein Wagen gestanden hat. Er ist nicht mehr da. Der Mann, der mir die Tür aufgehalten hat, hat meinen Wagen auf irgendeinen unsichtbaren Parkplatz auf diesem gigantischen Grundstück gefahren.

Gerade noch habe ich mich beeindruckt umgesehen und wollte schnell Marisol mit einem Videoanruf teilhaben lassen, da hat sie mir erzählt, dass heute Mittag diese verdammten Gangster da waren und meinem Vater und allen anderen Geld abgenommen haben. Als Snow, so klein und süß wie er ist, einem der Männer in die Hose gebissen hat, weil er wahrscheinlich gespürt hat, dass das nicht richtig ist, hat er einen Tritt bekommen. Sie waren mit ihm beim Tierarzt, was noch einmal eine Menge Geld gekostet hat und ich war nicht da.

»Ich dachte, sie würden erst nächste Woche kommen, das ...« Marisol isst Sonnenblumenkerne und sitzt auf ihrer Terrasse. Ich wäre gern bei ihr gewesen. Zum einen hätte ich dann den Männern Einhalt gebieten oder es zumindest versuchen können und zweitens war ich seit meiner Rückkehr aus Michigan nicht mehr dort, aber nach dem Essen hier werde ich direkt zu meinem Vater fahren.

»Sei froh, dass du nicht da warst. Sieh endlich ein, dass du nichts dagegen tun kannst. Ich weiß, dass du Cama beeindruckst, doch diese Männer haben kein Herz, das unterscheidet sie von allen anderen Menschen.« Ich sehe auf das große Haus, auf dessen Treppen ich schon stehe und zurück zur Einfahrt, die man von hier noch nicht einmal sehen kann.

Einen Moment lang überlege ich, einfach direkt nach Hause zu fahren. Zwar habe ich knapp zwei Stunden vor dem Spiegel verbracht und mich in dieses sündhaft teure und sexy rote Abendkleid gezwängt, was wie eine zweite Haut an meinem Körper liegt, doch gerade ist die Idee, in Shorts und Top zu Marisol rüberzugehen und mit ihr Sonnenblumenkerne zu knacken und dem Surren der Grillen zuzuhören, doch verlockender.

»Denk daran, mir eine Gabel mitzubringen.« Ich wende mich wieder um und sehe zu Marisol. »Ich werde doch nicht

176

den Präsidenten beklauen. Am Ende komme ich dafür noch ins Gefängnis.« Ich muss lachen und gehe die Stufen hinauf. »Niemand wird dich in diesem sexy Outfit ins Gefängnis stecken.« Sie hebt die Augenbrauen und ich schüttle nur leicht den Kopf. »Okay, ich gehe jetzt etwas essen und dann komme ich, ich schreibe dir, vielleicht bist du ja noch wach.« In diesem Moment kommt ein weiteres Auto an und Pablo steigt aus. Er trägt einen eleganten Anzug und hebt die Augenbrauen. »Ich bin ja schon spät, aber du scheinst ja völlig bewusst den Präsidenten warten zu lassen.« Er legt den Arm um mich und winkt in die Kamera. Marisol winkt zurück und ich verabschiede mich schnell. Er hat recht, wir sind zu spät und wir scheinen auch die Letzten zu sein.

Zumindest ist der Gang, den wir entlanggehen, bis zu den beiden geöffneten Flügeltüren komplett leer. »Ich hatte sogar überlegt abzusagen, ich meine, wir alle wissen, dass der Präsident hier nicht viel zu sagen hat.« Pablo nickt und nimmt den Arm von mir, um seine Krawatte noch einmal zurechtzurücken. »Das stimmt, doch er hat genug Macht, um so zu tun, als hätte er etwas zu sagen. Sieh es so, du bekommst das beste Essen, gute Musik und dann gehen wir noch ins Onel.« Wir betreten den Saal und ich halte ein, ich hatte nicht damit gerechnet, dass so viele Leute hier sein werden.

»Ohne mich, ich fahre danach direkt aufs Land ...« Ich breche ab, als ich auf einen breiten Rücken sehe, der mir nur allzu bekannt ist. Mein Herz schlägt schneller, während mein Blick über die in schwarzen Stoff gepackten Muskeln gleitet, zu den kurzen schwarzen Haaren und den betenden Händen an seinem Hals. Ich sehe zu den zwei Frauen, die vor ihm stehen und ihn anhimmeln, als wäre seine Aufmerksamkeit der Sinn des Lebens. Am liebsten würde ich genervt aufstöhnen, niemand ahnt von meinem inneren Kampf, unsere gemeinsame Nacht aus meinen Gedanken zu streichen.

»Was tut Cama Vélez hier?«

Auch Pablo sieht kurz zu ihm und dann weiter im Raum umher. »Das weiß ich auch nicht. Eigentlich ist er selten auf solchen Veranstaltungen, aber vielleicht, weil er seinen Segen zum Bau gegeben hat? Hier haben sich heute einige versammelt. Die ganzen Typen da hinten sind von der Bank. Dort sitzen einige Politiker und auch ein paar Stars sind da. Kennst du die Frau bei Cama? Das ist Belana Santez, die Sängerin, du weißt schon. Entiende que desde esa noche …« Er singt oder eher krächzt eine Melodie, die mir sehr bekannt vorkommt. »Schön …« Mein Blick gleitet wieder zu Cama und den Frauen, mittlerweile steht auch sein Bruder bei ihm, sie wenden sich gerade um, um sich an einen der vielen runden Tische zu setzen, da treffen sich unsere Blicke.

So sehr ich mir auch einrede, dass mich das zwischen uns kalt gelassen hat, sein dunkler Blick geht mir durch den gesamten Körper. Einen winzigen Moment gleitet sein Blick verlangend und düster einmal über mich, dann setzt er wieder die kalte Maske auf, grinst frech und nickt mir zu.

Die Frau, die offenbar eine bekannte Sängerin ist, fasst in diesem Moment an seinen Arm und verlangt seine Aufmerksamkeit. Sie setzen sich gemeinsam an den sehr edel eingedeckten Tisch und fast zeitgleich hakt sich Pablo bei mir ein und zieht mich mit sich in den Raum. »Na schön, gesellen wir

uns unter die Schönen und Reichen, als würden wir dazugehö-
ren.« Sein aufgesetztes Grinsen lässt mich schmunzeln. Ich
sehe bewusst nicht mehr zu dem Tisch, an den sich Cama
gesetzt hat, ignoriere seine mächtige Präsenz, den perfekt
geschnittenen Anzug, wie umwerfend gefährlich er aussieht
und sehe mich im ganzen Raum um, nur um nicht in seine
Richtung blicken zu müssen.

Als wir an seinem Tisch vorbeikommen, erhebt sich Cama
allerdings überraschend und stellt sich uns in den Weg. Pablo
und ich haben das beide nicht kommen sehen und laufen fast
in ihn hinein. Da Cama aufgestanden ist, sind auch alle anderen Personen um ihn herum aufgestanden und sehen uns nun
verwundert an.

»Solana, Pablo, wie schön euch wiederzusehen.« Er reicht
mir seine Hand und als ich sie annehme, umschließt er meine
und gibt mir einen leichten Kuss auf den Handrücken. Solche
Gesten von einen Mann wie Cama habe ich nicht erwartet und
räuspere mich leicht. Auch Pablo neben mir sieht verwundert
zwischen uns hin und her, bevor auch Cama ihm die Hand
reicht. Zum Glück findet Pablo seine Worte schneller wieder
als ich. »Cama. Es freut mich, ich hatte nicht damit gerechnet,
dass die Vélez auch hier sein werden.«

Wieder liegt das freche Grinsen auf Camas Lippen. Sein
Blick gleitet zu mir, wir sehen uns einen Moment in die Augen
und ich muss an unseren intensiven Augenkontakt denken, als
wir auf dem Besprechungstisch … Ich muss mich wieder fassen.

»Mein Bruder und ich dachten spontan, wir kommen vorbei, immerhin hat dieses Projekt viel Bedeutung für Puerto Rico und wie du weißt, liegt uns Puerto Rico sehr am Herzen.« Er schenkt mit sein freches Grinsen und ich lege den Kopf schief. Manchmal habe ich das Gefühl, es macht ihm Spaß, mich herauszufordern, mir liegt schon eine passende Antwort auf den Lippen, doch in dem Moment kommt Titus zu uns. »Da seid ihr ja, wie kann man zum Präsidenten zu spät kommen? Wir warten bereits. Er will euch kennenlernen.« Auch er begrüßt Cama, bringt uns aber direkt zwei Tische weiter, wo sich wieder alle erheben, sobald wir da sind.

Ich wende mich noch einmal um und sehe, dass sich Cama und die anderen wieder setzen. Die Sängerin sieht mich vernichtend an, das darf doch alles nicht wahr sein. Wieso sitze ich jetzt nicht einfach entspannt mit Marisol auf ihrer Terrasse?

»Mister Präsident, das sind die anderen beiden Mitarbeiter, von denen ich erzählt habe. Solana Varda und Pablo Gomez.« Der Präsident, ein älterer charismatischer Herr mir grauen Locken und strahlenden dunklen Augen, reicht uns die Hand. »Es freut mich. Wir sind überglücklich über das Projekt, setzen wir uns. Ich bin sehr gespannt, wie alle reagieren werden. Man munkelt, dass es schon hunderte von Bewerbungen für die Wohnungen geben soll.«

Titus rückt meinen Stuhl zurecht und wir setzen uns. Carina sitzt neben mir, sie erzählt mir aufgeregt, was für wichtige Personen hier sind. Während sich Pablo, Titus und Tamara mit dem Präsidenten, seinem Stellvertreter und seiner Frau unterhalten.

Es ist viel, ich versuche mich zu konzentrieren, auch wenn mir das alles relativ egal ist. Ich liebe die Arbeit, die Planung und die Umsetzung, solche Veranstaltungen sind mir egal. Und neben all den neuen Menschen versuche ich auch, den brennenden Blick in meinem Rücken, den ich immer wieder spüre, zu ignorieren.

Wir bekommen zwei Gänge serviert, als Vorspeise eine Suppe und als Hauptgang ein perfekt gegartes Stück Braten, Kartoffeln und in Speck eingelegte Bohnen. Dafür hat es sich tatsächlich gelohnt zu kommen. Irgendwann beteilige auch ich mich an dem Gespräch mit dem Präsidenten. Ich hätte mir im Traum nicht ausmalen können, hier so einfach mit ihm an einem Tisch zu sitzen, doch hat sein Amt zugegebenermaßen ein wenig an Wirkung verloren, seit ich verstanden habe, wer hier tatsächlich das Sagen hat.

Nach dem zweiten Gang wird ein Film gezeigt, mit allem, was wir geplant haben. Auf der großen Leinwand sieht man das Projekt, woran ich nächte- und wochenlang gesessen habe, wie es mal aussehen wird. Ich liebe jedes Detail und als der Film beim Gemeinschaftsgarten endet, ist meine Brust mit Stolz gefüllt. Es gibt eine Menge Beifall und der Präsident erhebt sich.

Er dankt allen, die heute Abend da sind, denjenigen, die an diesem tollen Projekt mitgearbeitet und die es ermöglicht haben. Sein Blick und sein Dank fällt immer wieder zu Cama und seinem Bruder. Da spürt man erneut, wie viel Macht sie hier in Puerto Rico haben. Ich wende mich auf meinem Stuhl leicht um, um die beiden ansehen zu können. Sie wirken wenig beeindruckt von alldem. Cama nickt höflich zurück, während die Frauen an ihrem Tisch aufgeregt vor sich miteinander tuscheln. Sie scheinen die anderen Männer am Tisch gar nicht zu beachten. Ihre Aufmerksamkeit liegt komplett auf den beiden Brüdern.

Man kann es ihnen nicht verdenken. Mein Blick gleitet abermals über Cama. Seine Ausstrahlung ist mächtig und gleichzeitig ist er ein sehr hübscher Mann. Ich muss an seine Küsse denken, an seinen Geschmack, wie vollständig ich mich in seinen Armen gefühlt habe und genau in diesem Moment trifft sein dunkler Blick meinen, doch dieses Mal weiche ich ihm nicht aus, sondern sehe ihn weiter an.

Ich habe nicht damit gerechnet, dass wir uns wiedersehen, doch jetzt, wo wir hier sitzen und unsere Blicke sich immer wieder finden, frage ich mich, ob auch er die letzten zwei Wochen an das, was wir in der Nacht hatten, denken muss. Mein Magen zieht sich zusammen, als unsere Blicke nicht voneinander weichen. Mein Mund fühlt sich trocken an. Ich spüre Gefühle in mir, die ich so nicht kenne, ich sollte aufstehen und fliehen und doch kann ich nicht aufhören, in diese dunklen Augen zu blicken, in denen ich zu versinken drohe.

Noch etwas anderes steigt in mir auf. Sehnsucht. Ich wünschte, ich würde ihn noch einmal so spüren können, ich atme aus und sehe erst weg, als sich alle an meinem Tisch erheben.

Cama und ich waren so aufeinander fixiert, dass ich nicht einmal mitbekommen habe, dass der Präsident uns vor dem Dessert gebeten hat, aufzustehen und mit ihm auf die Terrasse zu kommen, da dort eine Überraschung auf uns wartet.

Ich muss hier weg.

Ich nutze die Gelegenheit und sehe auf mein Handy, stecke es in meine Clutch und flüstere Titus zu, dass ich zu meinem Vater aufs Land muss, dass sie sich aber noch alle gut amüsieren sollen und noch einmal für mich anstoßen sollen. Wenn es um meinen Vater geht, hat Titus immer Verständnis. Er stammt selbst vom Land und weiß, wie hart das Leben dort sein kann.

Ich umarme noch kurz Carina, alle anderen sind schon auf dem Weg nach draußen. Als ich mich umwende, sehe ich, dass auch an Camas Tisch schon fast alle auf der Terrasse sind, bis auf Cama, der am Tisch steht, mich genau im Auge hat, aber mit einem Mann spricht.

Ich beiße mir leicht auf die Lippen, wir sollten beide vernünftig sein, doch sein Blick auf mir verspricht mir, dass wir es nicht sind.

Ich gehe an den beiden vorbei, meine Schritte werden aber langsamer, als ich höre, wie Cama den Mann schnell abwürgt. Ich bleibe stehen und sehe, dass nun alle aus dem Raum sind und im Garten ein Feuerwerk beginnt, es wird leise Musik gespielt und im Saal wird das Licht gelöscht, damit man das Feuerwerk noch besser sehen kann. Nun erleuchten nur noch die bunten Lichter von draußen alles.

Statt dem Mann zu folgen, kommt Cama zu mir.

Ich spüre seine Präsenz hinter mir und schließe einen Moment die Augen. Geh. Sei vernünftig. Doch schon legen sich Arme um meine Taille und ich wende mich zu ihm um. Mir liegen tausend mahnende Worte und Ausflüchte, wieso ich schnell weg muss, auf den Lippen, doch kein Wort kommt über sie. Sobald ich mich zu ihm wende, fesselt mich Camas Blick wieder, und noch bevor ich es aufhalten kann oder überhaupt will, legt sich seine Hand an meine Wange und seine Lippen treffen auf meine.

Sein Kuss ist genug Antwort darauf, ob auch er an das, was wir hatten, denken musste. Er küsst mich zärtlich, ich öffne mich ihm ganz und lege meine Arme um seine Schulter, während wir automatisch an die Wand gelangen, ohne voneinander zu lassen.

Das hier fühlt sich zu gut an, echt, obwohl es das nicht sein sollte. Ganz anders als der Kuss von Malcom. Ich spüre, dass auch Cama mehr will, er drängt sich an mich und doch bleibt der Kuss zärtlich. Ich kann nicht genug von ihm bekommen, als er den Kuss löst, küsst er meine Wange entlang.

»Wohin willst du?« Ich muss leise lachen, als seine Lippen zu meinem Hals gleiten. »Ich muss zu meinem Vater. Ich hatte bei deiner reizenden Begleitung nicht gedacht, dass dir überhaupt auffallen wird, wenn ich weggehe.«

Cama lächelt an meinen Hals, zieht mich an sich und sieht mir in die Augen. »Dann bist du eine sehr schlechte Beobachterin, Solana. Dir sollte aufgefallen sein, dass ich nur Augen für eine Person hier habe. Ich habe die letzten Tage oft an uns beide gedacht ...«

Meine Arme liegen noch immer über seinen Schultern und dieses Mal beuge ich mich zu ihm hoch.

»Hast du das?«

Ich werde nicht zugeben, dass es mir auch so ging, doch ich küsse ihn. Oh nein, hiervon werde ich nicht genug bekommen können. Dieses Mal wird der Kuss verlangender, ich spüre ihn überall. Camas Hand gleitet meinen Ausschnitt entlang und ich würde mich ihm am liebsten entgegenstrecken, doch mein Verstand ist zumindest noch ein wenig zu gebrauchen und ich beende den Kuss.

»Wir sollten das nicht tun, Cama, das kann ...« Ich will ihm entweichen, doch er lässt mich nicht, sondern sieht mir weiter in die Augen.

»Du hast recht, nicht so. Wie gesagt ... ich habe die letzten Tage immer wieder an ... dich denken müssen und ich will das dieses Mal richtig machen. Geh mit mir aus, Solana.« Nun hebe ich verdutzt die Augenbrauen. »Ein Date? Du fragst mich nach ... einem Date? Wir streiten uns nur.« Wieder setzt sich dieses anziehende Schmunzeln um seine Mundwinkel, meine Verwunderung amüsiert ihn. »Ja, das tue ich. Streit würde ich das nicht nennen. Wir lernen uns kennen. Ich hatte zwar schon ... einige Frauen, aber noch niemals ein richtiges Date. Doch ich möchte, dass wir beide ein richtiges Date haben, was sagst du?« Seine Lippen gleiten über meine Wange, meine Lippen und dann küsst er meine Stirn. Ich kann kaum denken, wenn er mich so verwirrt.

Meine Lippen erwidern seine kurzen Küsse, sie können gar nicht anders. »Ich date keine Gangster.« Nun lacht Cama laut auf. Ich liebe dieses Geräusch, während meine Lippen seine küssen. »Das ist nicht sehr überzeugend, Solana.« Nun muss auch ich lachen, doch ich löse mich endlich von ihm und entweiche seinen Armen, so schwer es mir auch fällt.

»Mag sein, aber so ist es. Ich date keine Gangster.«

Er sieht auf mein Kleid. Sein Blick ist gefährlich dunkel vor Lust. Ich liebe es.

»Du schläfst nur mit ihnen?« Ich lege den Kopf schief und bringe einige Schritte zwischen uns, was ihn noch mehr grinsen lässt.

»Das kann sein. Ich habe meine Prinzipien.«

Cama sieht mir in die Augen.

»Ich liebe Herausforderungen.«

Ich breche den Augenkontakt nicht ab. »Das ist vielleicht eine, der du nicht gewachsen bist.« Wieder bringe ich ihn zum Lachen.

»Die gibt es nicht.«

Ich atme aus und streiche meine Haare nach hinten, um wieder klar denken zu können, das Licht geht an und alle anderen kommen langsam in den Raum zurück.

»Das werden wir sehen, Cama Vélez.«

Er nickt und unsere Augen lassen sich noch immer nicht los.

186

»Das werden wir, Solana Varda.«

Mit diesen Worten drehe ich mich und verlasse den Raum, mit einem brennenden Blick im Rücken und einem so starken Kribbeln in meinem Bauch, wie ich es noch niemals zuvor gespürt habe.

Ich befürchte, dass ich das hier tatsächlich gar nicht mehr unter Kontrolle habe.

Kapitel 17

»Okay, noch einmal von vorn: Wenn wir Ihre Firma beauftragen, den Boden auszuheben, beinhaltet das dann nicht auch die Entfernung alter Rohre?«

Am liebsten würde ich den Bauarbeitern den Hals umdrehen. Es war geplant, dass heute die Bauarbeiten beginnen. Es ist zwei Tage nach der Feier beim Präsidenten, wo alle noch zusammengesessen und das Projekt hochgelobt haben. Auch die Bauherren waren dabei, da waren sich alle sicher, dass das ganz schnell geht.

Carina und ich sind extra hier rausgefahren, um bei den ersten Arbeiten dabei zu sein und kaum hat der Bagger ein wenig Erde ausgehoben, steht schon wieder alles.

Nun stehen zwei Bauarbeiter vor uns und treiben uns in den Wahnsinn.

»Wir wurden beauftragt, den Boden auszuheben, von alten Rohren war nicht die Rede.« Ich versuche ruhig zu bleiben und lächle. »Weil keiner wusste, dass so tief noch alte Rohre liegen, wo liegt das Problem, dort sollen eh neue hin.« Der andere nickt. »Dafür sind wir da.« Carina fächert sich mit ihren Unterlagen Luft zu. Heute ist es sehr heiß und stickig. »Gut, dann können Sie diese Rohre entfernen?« Auch der andere Mann schüttelt den Kopf. »Unser Auftrag besteht nur darin, neue Rohre zu legen, keine alten zu entfernen.«

Mein Geduldsfaden ist hauchdünn, trotzdem sehe ich von einem Mann zum anderen. Ihre Mitarbeiter haben sich in den Schatten der großen Geräte gesetzt und essen ihre Sandwiches. Nach gerade mal einer halben Stunde Arbeit. »Okay, also könnte sich eine ihrer beiden Firmen dazu breitschlagen lassen, dieses Rohr zu entfernen, damit es weitergeht?«

Beide schütteln den Kopf. »Nein, das muss extra beantragt werden, vielleicht könnte man das heute abgeben und mit viel Glück könnte Freitag ein …«

Das reicht, meine Stimme wird lauter. »Das ist ein bescheuertes Rohr. Es ist nicht einmal irgendwo angeschlossen, es liegt da einfach nur. Ich springe gleich da rein und hole es selbst raus …« Der Mann, der gerade noch den Bagger gefahren hat, hebt die Hand. »Das dürfen Sie nicht, das ist unsere Baustelle und wir tragen die Verantwortung ...«

Bevor ich ausflippe, drehe ich mich um und atme tief durch, nur um in Camas dunkle Augen zu blicken, die mich amüsiert ansehen. »Wie ich sehe, habt ihr hier richtig Spaß.« Sein Blick gleitet über meinen schwarzen engen Bleistiftrock zu meinem kurzen bauchfreien Top.

Was tut er hier?

»Es könnte nicht besser laufen.« Verwundert und überrumpelt zugleich lege ich den Kopf schief und sehe auf die Papiere in seiner Hand. Hinter ihm bemerke ich einen schwarzen Mercedes, an dem Ikal steht und eine raucht. Er hebt seine Hand. Aus dem Auto hört man laut Ven Báilalo von Angel y Khriz, ein altes Lied, was aber jeden auf die Tanzfläche stürmen lässt. Ich war so auf die Bauarbeiter konzentriert, dass ich sie nicht habe kommen hören.

Mein Blick wandert zu Cama. In seiner roten Jogginghose und dem weißen Shirt sieht er völlig anders aus als in eleganter Kleidung – doch beides steht ihm gleichermaßen. Unwillkürlich bleiben meine Augen an dem Schriftzug 'Vélez' auf seinem Arm hängen. Ich zwinge mich, einen klaren Kopf zu bewahren.

Carina tritt an meine Seite. »Cama, wie schön, dich zu sehen! Wir haben hier ein kleines Problem mit einem Rohr, das niemand erwartet hat.« Camas Blick schweift über unsere Köpfe hinweg zu den Bauarbeitern. »Das habe ich schon gehört. Hey Jungs, das Rohr da rauszuholen ist doch sicher kein Problem, oder? Ich bin mir sicher, euer Chef hat nichts dagegen. Schließlich wollen doch alle, dass die Arbeiten starten.«

Ein netter Versuch, doch die Männer wirken unbeeindruckt – zunächst. Als ich mich zu ihnen umdrehe, bleibt mir die Luft weg: Mit einem breiten Grinsen heben sie den Daumen und machen sich tatsächlich daran, in das Loch zu steigen.

Das kann doch nicht wahr sein.

Camas Einfluss scheint bis in die hintersten Winkel zu reichen. »Du bist unsere Rettung!« Carina strahlt ihn an, während ich mir ein Augenrollen verkneife.

»Wir hätten das auch allein geschafft, aber so geht es schneller.«
Cama lacht leise und sieht mir direkt in die Augen. »Natürlich. Ich habe übrigens gerade mit Titus telefoniert. Hier sind die Unterlagen – das Grundstück, das Solana ausgesucht hat, gehört jetzt uns. Ihr solltet die Pläne noch einmal anpassen. Wir haben ein größeres Stück Land gekauft als ursprünglich geplant, und Titus möchte, dass einer von euch das überarbeitet.«

Er reicht mir die Pläne. Da ich das Projekt begonnen habe, liegt es an mir, es abzuschließen. »Das kann ich nächste Woche machen. Dafür hättet ihr nicht extra hierherkommen müssen.« Cama zuckt mit den Schultern. »Ich war in der Nähe.«

Ich muss lachen. »Hier ist weit und breit nichts – 'in der Nähe' gibt es hier nicht.« Sein Blick huscht einen Moment lang

192

über meine Lippen, und ich merke, wie meine Gedanken erneut zu unserem Kuss zurückdriften. »Das kommt darauf an, aus welcher Perspektive man es sieht. Wie gesagt, ich liebe Herausforderungen – und ich komme meinem Ziel immer näher.«

Carina schaut abwechselnd zwischen uns hin und her.

»Tatsächlich? Denkst du das?«

Cama nickt, hinter uns hupt es, und er zwinkert mir zu. »Ich bin zuversichtlich. Ich muss los, wir haben einen Termin. Viel Spaß auf eurer Baustelle.« Er hebt kurz die Hand, genau wie Ikal, der gehupt hat.

Wir sehen den beiden nach, wie sie davonfahren und eine Staubwolke hinterlassen.

»Was war das gerade? Hat Cama Vélez etwa Interesse an dir?« Carina kann es natürlich nicht lassen. »Cama Vélez hat wahrscheinlich an den meisten Frauen Interesse. Da ist nichts.« Ich will zurück zu den Bauarbeitern, doch sie hält mich am Arm fest.

»Solana, ich weiß, du bist nicht von hier, aber … Cama Vélez schläft mit Frauen. Sie rennen ihm hinterher. Aber ich habe noch nie gehört, dass er sich um eine Frau bemüht. Das kannst du nicht einfach ignorieren. Hat deine Mutter dir nicht beigebracht, das Glück zu ergreifen, wenn es vor deiner Nase baumelt?«

Ich lache trocken und gehe zurück zu den Bauarbeitern, die es wie durch Zauberhand in wenigen Minuten geschafft haben, das verfluchte Rohr zu entfernen.

»Meine Mutter hat mir beigebracht, vor Gefahr davonzu-
laufen – und nicht darauf zuzugehen. Und daran halte ich
mich!«

Kapitel 18

Der anstrengende Tag auf der Baustelle endete wie jeder andere – zumindest bis zu dem Moment, an dem ich zusammen mit Carina nach einem gemeinsamen Mittagessen und einigen Gesprächen mit den Bauleitern ins Büro zurückkomme.

Wir betreten das Büro und begrüßen Titus und Pablo, die sich zusammen etwas auf Pablos Laptop ansehen. Beide sehen auf und auf Titus' Lippen liegt ein Grinsen, was ich so bisher noch nie bei ihm gesehen habe.

»Solana, da ist eine Lieferung für dich angekommen«, er deutet zu meiner geschlossenen Bürotür. »Eine Lieferung? Ich habe nichts bestellt.« Titus kommt zu mir und begleitet mich zu meinem Büro. »Das sah auch nicht so aus, als hättest du dir das bestellt ...« Dass er genau neben mir bleibt, hätte mich vorwarnen sollen, doch wahrscheinlich hätte mich nichts auf den Anblick vorbereiten können, der mich nun erwartet.

Ein Meer aus altrosafarbenen Rosen erstreckt sich vor mir. Überrascht sehe ich mit offenem Mund zu Titus und wieder auf die wunderschönen Blumen. Es müssen Hunderte sein. Die zarten Blüten füllen den Raum, stehen auf dem Boden, auf Regalen, selbst die Fensterbank ist vollgestellt.

Sofort schießt mir ein Name in meine Gedanken.

Cama.

Unwillkürlich muss ich lächeln. Dieser Mann meint es ernst, dass er die Herausforderung annimmt.

»Da scheint dich jemand sehr zu mögen.« Titus zwinkert mir noch einmal zu und ich räuspere mich. Der Duft frischer Rosen hüllt mich ein, während ich vorsichtig zwischen den Vasen hindurchgehe, um meinen Schreibtisch zu erreichen.

Kaum habe ich es geschafft, mich auf meinen Stuhl zu setzen, erscheint Carina in der Tür. »Also, da ist nichts, ja?« Ihre Stimme trieft vor Sarkasmus, begleitet von einem amüsierten Funkeln in den Augen.

»Das ist nichts, wir wissen nicht, ob es ...« Ich hebe eine Karte auf, die vor mir auf dem Schreibtisch liegt.

»Ich liebe Herausforderungen!«

Ich seufze leise auf und sehe zu Carina, die immer breiter grinst. »Genau das dachte ich mir.« Sie schließt die Tür und ich schließe einen Moment die Augen. Der Duft der Rosen ist überwältigend, fast betörend. Ich atme tief ein und lasse die Schönheit dieser Geste auf mich wirken, so sehr ich sie auch nicht zulassen sollte, doch diesen Moment nehme ich mir.

Plötzlich vibriert mein Handy. Ich ziehe es aus der Tasche und gehe schnell ran. Die Nummer ist mir unbekannt.

»Hallo?«

»Gefallen dir die Blumen?« Mein Blick gleitet über den Raum, diese Stimme hätte ich mittlerweile überall erkannt.

»Woher hast du meine Nummer?«

Eigentlich kann ich es mir fast denken. »Von Titus«, erklärt er mit einer Leichtigkeit, die mich fast zum Lachen bringt. Dieser Mann. »Ich muss dich wegen des Auftrags erreichen können.«

»Natürlich musst du das.« Ein Lächeln schleicht sich in meine Stimme. »Und die Blumen? Gefallen sie dir?«

Man hört, dass Cama unterwegs ist, ich höre andere Stimmen im Hintergrund. Wir haben uns vor wenigen Stunden gesehen, hat er all das danach geplant, oder war das schon vorher bestellt? Im Grunde macht es keinen Unterschied.

»Sie sind wunderschön, mein ganzes Büro duftet nach Rosen. Und es sind genau meine … woher weißt du …?« Es sind meine Lieblingsrosen.

»Auch wenn ich nicht viel davon halte und selbst dort nicht bin, sind die sozialen Medien manchmal sehr hilfreich.« Natürlich, auf meinen Accounts sieht man oft genug Bilder von meinen Lieblingsblumen. Seit ich in Puerto Rico bin, habe ich weniger gepostet, hier und da ein Bild, eines von meinem alten Haus, meinem Vater mit Snow, von mir und den Arbeitskollegen beim Essen und auch ein Bild von Marisol und mir als kleine Mädchen, und jetzt, das war das Letzte.

»Ich verstehe, das hier gehört also zu deiner Taktik. Du überschüttest die Frauen mit Blumen, bis sie in deinen Armen liegen.« Cama lacht auf. »Um ehrlich zu sein habe ich außer meiner Mutter noch nie einer Frau Blumen gekauft und du lagst schon in meinen Armen, ich hatte nicht das Gefühl, dass es dir unangenehm war.« Seine Stimme klingt charmant und spielerisch, es ist so leicht zu vergessen, wer er ist und was mich davon abhält, auf seine Flirtversuche einzugehen, auch wenn ich mich ihnen nicht immer entziehen kann.

Bevor ich etwas erwidern kann, wird es auf einmal laut bei ihm. »Hier ist gerade jemand … aufgetaucht. Ich muss los. Genieß die Blumen. Bis später, Solana.«

Bevor ich etwas erwidern kann, beendet er das Gespräch, das muss wichtig gewesen sein. Noch einmal atme ich durch, dann nehme ich mein Handy und mache ein Bild von meinem Büro mit diesem Blumenmeer. Ich lade es auf meinen Account hoch und schreibe dazu: Surprise Surprise.

Dann speichere ich seine Nummer ein. Das hier ist nicht meine Geschäftsnummer. Eigentlich hätte Titus ihm die geben müssen, aber ich schätze, wegen der Blumen hat er einfach selbst entschieden, dass er meine private Nummer herausgibt. Eigentlich sollte ich sauer darüber sein, aber so ganz gelingt mir das nicht.

Ich gehe auf meinen Messenger-Account und lade auch da das Bild in meinem Status hoch. Auch wenn er keine sozialen Medien im Internet hat, so hat er zumindest ein Profilbild im Messenger drin. Es zeigt ihn mit Cairo, beide haben Schrammen im Gesicht und tragen Boxhandschuhe. Sie sehen verschwitzt aus und haben den Arm um den anderen. Es ist kein Wunder, dass die beiden den Frauen in Puerto Rico den Kopf verdrehen. Ich sehe auf Camas grinsendes Gesicht und schüttle leicht den Kopf, da klingelt mein anderes Handy. Es geht um einen neuen Auftrag und innerhalb von Sekunden stecke ich wieder tief in meiner Arbeit drin.

Wenige Stunden später, als ich eigentlich meine Sachen packen und nach Hause will, stehen Pablo und Carina mit Champagnergläsern in meinem Büro und erklären mir, dass man den ersten Baustellentag im Onel feiern muss, so wie es Tradition ist. Auch wenn ich fix und fertig bin, lasse ich mich umstimmen, mache mich frisch, schminke mich ein wenig nach und fahre dann mit meinem eigenen Wagen hinter den anderen her, da ich nur auf ein oder zwei Drinks bleiben will und dann nach Hause möchte.

Wie fast immer ist das Onel heiß, laut, voller Menschen, die tanzten und lachen und denen es egal ist, dass es mitten in der Woche ist.

Titus bringt uns wieder in den VIP-Bereich, der Tisch, an dem bisher eigentlich immer Männer der Vélez saßen, ist leer.

Wahrscheinlich ist es besser so. Wir setzen uns ganz nach hinten in die übliche Ecke, bekommen von Titus Cocktails spendiert und stoßen darauf an, dass bei diesem Projekt endlich der Bauprozess begonnen hat.

Nach dem Cocktail zieht mich Carina mit zur Tanzfläche im Erdgeschoss. Ich bin müde, doch ein wenig lasse ich mich von ihr anstecken. Nach zwei Liedern beobachte ich von der vollen Tanzfläche aus, wie die Männer der Vélez in den Club kommen. Das wird niemandem entgehen. Es sind um die zehn Männer, alle trainiert, alle laut, jeder sieht zu ihnen. Mehrere Frauen sind gleich an ihrer Seite und ich entdecke Cama, der weiter hinten läuft und zu dem gleich eine hübsche Blondine kommt, die er mit einem Kuss auf die Wange begrüßt.

Mein Magen sollte sich nicht so zusammenziehen bei diesem Anblick, es ist Unsinn, und doch verfolge ich die Gruppe weiter, bis sie im VIP-Bereich verschwindet und nicht mehr zu sehen ist. Carina hat meinen Blick verfolgt. »Das ist der Cama, den wir alle kennen, deswegen solltest du die Seite, die er dir zeigt, nicht als selbstverständlich ansehen.« Sie fragt, ob wir auch nach oben sollen, doch da ich noch nicht bereit bin, Cama in die Augen zu sehen, überrede ich sie dieses Mal zu zwei weiteren Liedern, doch dann sind wir beide müde.

Wir beschließen, noch einen Cocktail zu trinken und dann nach Hause zu fahren. Mein Magen kribbelt, als wir in den VIP-Bereich nach oben gehen. Am liebsten würde ich den Tisch der Vélez gar nicht beachten, doch ich weiß, dass das unsinnig ist.

Sobald ich dorthin sehe, treffe ich auf Camas dunklen Blick. Er sitzt umringt von der Blonden und einer rothaarigen Frau, die beide auf ihn einreden. Man sieht, dass er überrascht ist, mich zu sehen, doch er fängt sich schnell wieder, lächelt mir zu. Vielleicht denkt er, ich komme zu ihm, setze mich noch neben die Frauen und helfe ihnen dabei, ihn anzuhimmeln, doch ich nicke nur, wende mich wieder Carina zu und laufe zu unserem Platz, ohne noch einmal zu ihm zu sehen.

Sobald wir bei Titus sitzen, bestellen wir weitere Cocktails, im Grunde will ich nur weg hier. Von hier aus kann man gut auf den Tisch der Vélez blicken. Ich blicke auf Camas Rücken, sehe, dass die Frauen weiter mit ihm sprechen, erkenne auch, dass er einige Male telefoniert, doch er dreht sich nicht zu uns um.

Langsam werde ich verrückt, ich traue mir kaum noch selbst über den Weg. Ich möchte, dass Cama Vélez aus meinem Leben verschwindet und im gleichen Moment werde ich sauer, wenn ich ihn mit einer anderen Frau sehe und er nicht einmal nach mir sieht. Das passt nicht zusammen und doch sieht genauso meine Gefühlslage aus, auch wenn ich sie nicht nach außen trage.

Carina sagt, dass sie langsam los will und auch ich muss ins Bett und endlich wieder klar denken. Aber erst muss ich auf die Toilette. Ohne zum Tisch von Cama zu sehen. Vor dem Gang zu den Toiletten stehen drei Männer in teuren Anzügen. Sie unterhalten sich und einer von ihnen versperrt mir den Weg.

»Hallo, meine Hübsche. Ich habe dich hier noch nie gesehen und ich bin Schmuckhändler. Ich erkenne die wahren Goldschätze in einem Raum sofort.« Wie billig. »Lasst mich durch!« Ich deute ihm an, mir aus dem Weg zu gehen. Dieser Spruch ist so auswendig runtergeleiert, dass er nicht einmal einer Antwort würdig ist.

Der Mann stellt sich noch mehr auf und sieht zu mir herab, da klopft ihm sein Freund auf die Schulter, sie alle sehen hinter mich und weichen sofort zur Seite, um mich durchzulassen. Ohne mich umzudrehen, um den Grund dafür zu erfahren, gehe ich weiter auf die Frauentoilette. Ich kann ihn mir denken.

Erst dort, wo es kühler und ruhiger ist, spüre ich, wie müde ich bin, müde und enttäuscht. Ich sollte es nicht sein, doch die Enttäuschung, die an mir nagt, schert sich nicht um Logik.

Mit den Gedanken fest dabei, Cama erneut zu ignorieren, bin ich so abgelenkt, dass ich fast gegen seine Brust laufe, als ich schnell das Bad wieder verlasse.

»Cama«, sage ich mit leiser Stimme, mein Herz schlägt schneller, während er meinen Arm umfasst und mich noch etwas weiter in den dunklen Gang zieht und vor mir stehenbleibt.

»Wieso ignorierst du mich?«

Sein Blick liegt forschend auf mir. Er scheint das wirklich nicht zu verstehen. »Ich … ignoriere dich nicht, aber du bist mit anderen Frauen hier. Dachtest du, ich setze mich zu euch?«

Ob es an den Cocktails liegt oder weil ich so müde bin, aber ich muss fast über Camas fassungslosen Gesichtsausdruck lachen. »Solana, es sind immer Frauen um mich herum, wenn wir uns amüsieren gehen, das hat nichts zu bedeuten, das ...« Ich lege den Kopf schief und tippe ihm mit meinem Finger auf sein weißes Shirt. Auch er trägt noch die Sachen von heute Vormittag. »Das wird dir in dieser Date-Sache nicht helfen, ich würde schnell aufhören zu reden.«

Cama sieht zu mir herab, mein Kopf dröhnt, die beiden Cocktails beginnen zu wirken, ich bin müde, und auch wenn ich es nicht tun sollte, gebe ich einen Moment meinen Gefühlen nach und lehne mich gegen Camas Brust. »Du machst es mir nicht gerade leicht, Cama, weißt du das?«

Auch wenn ich ihn nicht sehen kann, spüre ich, dass ich ihn mit dieser einfachen kleinen Geste wieder überfordere. Er zögert einen Moment, als ich mich an ihn kuschle, doch dann schließt er die Arme um mich und zieht mich noch enger an sich. Ich schließe die Augen, atme seinen verführerischen Duft ein und muss lächeln, als ich seine Lippen an meinem Kopf spüre.

»Das Gleiche kann ich auch sagen, mi gatita.« Sein Griff umschließt mich noch einmal mehr und einen Moment schweigen wir beide.

»Geh mit mir aus«, sagt er schließlich, seine Stimme leise, fast bittend.

»Cama ...« Ich hole tief Luft und löse mich aus seinen Armen. »Du merkst doch, dass das ... abgesehen mal von dem, dass ich nicht mit Gangstern ausgehe ... Weißt du überhaupt, worauf du dich einlässt? Was alles dazugehört, wenn du wirklich diesen Weg gehen willst? Wenn aus einem Date mehr wird, wenn man das alles wirklich beginnt ernst zu nehmen?«

»Und wenn ich es nicht weiß? Es ist das erste Mal, dass ich eine Frau darum bitte und dann stehst du vor mir und machst es mir so schwer.« Seine Augen suchen meine. »Das bedeutet einfach‘ so viel, Cama. Wir lernen uns kennen und dann geht so etwas nicht mehr. Ich gehe mit keinem Mann aus, der, wenn ich ihm den Rücken zudrehe, zwei neue Frauen an seiner Seite hat. Es … ist so viel, was kommen würde. Auch ich habe noch nie wirklich etwas Festes gehabt. Auch ich muss lernen, mich auf einen Menschen einzulassen und ich glaube nicht, dass du und ich das so einfach könnten. Oder könntest du das? Dein altes Leben aufgeben für etwas Neues? Klar, wir reden nur von einem Date, aber wir beide wissen doch, dass es dazu führen könnte und vielleicht ist es schlauer, das gleich abzuwenden, bevor …«

Ich erkenne in seinen Augen, dass ich ihn mit meinen Worten treffe, dass er sich eben nicht über all das Gedanken gemacht hat. Wahrscheinlich ist es auch viel zu früh, doch ich kann mir nicht vorstellen, dass Cama Vélez jemand für eine feste Beziehung ist, ich glaube nicht einmal, dass ich es bin. Wieso also diesen Weg einschlagen, wenn er uns ohnehin nirgendwohin führt?

»Hey, gehen wir?« Carina taucht am Eingang des Flures auf und ich nicke. Noch einmal sehe ich zu Cama, beuge mich zu ihm hoch und gebe ihm einen Kuss auf den Mund.

»Danke für die Blumen, Cama, sie sind wunderschön und es ist auch nicht so, dass ich das nicht wollen würde, doch wir beide sollten vernünftig sein. Das wirst du genauso wissen wie ich.«

Mit diesen Worten gehe ich zu Carina und wir verlassen das Onel genauso schnell wie wir gekommen sind. Carina fragt, ob alles in Ordnung ist, und ich sage ihr, dass ich mich nur kurz für die Blumen bedankt habe. Sie muss das Gefühlschaos in mir nicht kennen, es reicht schon, wenn es mich verwirrt.

Erst als ich alleine im Auto auf dem Weg nach Hause bin, schwirren meine Gedanken. Es wäre gelogen zu leugnen, dass er mich anzieht, dass er mich auf eine Art berührt, wie es vorher noch niemand geschafft hat. Doch der Gedanke, sich auf all das einzulassen – auf ihn und alles, was er mit sich bringt – macht mich nervös.

Gleichzeitig spüre ich ein klammes Gefühl in meinem Magen bei dem Gedanken, es nicht einmal zuzulassen, sodass ich schon jetzt ahne, dass dieses Gefühlschaos noch nicht vorbei ist.

Kapitel 19

»Möchten Sie einen doppelten Espresso? Hallo? Geht es Ihnen gut?«

Die Stimme des Kellners dringt wie durch einen Nebel zu mir. Erst jetzt blicke ich von meinem Handy auf. In meinem Kopf hämmert es, ein dumpfer Schmerz, der sich nur langsam auflöst, seit die Tabletten wirken. Ich nicke matt, mein Blick gleitet kurz über mein Handy.

»Ja, bitte. Einen doppelten.« Meine Stimme klingt rau. Genau das brauche ich jetzt.

Die Bauarbeiten haben vor vier Tagen begonnen, und obwohl eigentlich alles von alleine laufen sollte, war ich fast jeden Tag auf der Baustelle. Gestern gab es Starkregen und ich bin zweimal komplett durchnässt gewesen. Heute muss ich unbedingt meine andere Arbeit nachholen und gerade dann verschlafe ich.

Ich musste mich so sehr beeilen, dass ich es nicht einmal geschafft habe, auf mein Handy zu sehen. Allerdings sind keine neuen Nachrichten eingegangen, was mich mehr stört, als es das sollte.

Nachdem Cama und ich uns im Onel getroffen haben und ich ihm klargemacht habe, was es bedeutet, wenn wir tatsächlich einen Schritt weitergehen, hatte er sich zwei Tage nicht gemeldet und ich dachte, dass er eingesehen hat, dass das nichts bringt. Es hat mich gestört und ich habe immer wieder auf mein Handy gesehen, doch ich wusste trotzdem, dass es besser so ist.

Dann hat er sich allerdings wieder gemeldet, er hat mir geschrieben und gefragt, wie es mir geht, ich habe ihm geantwortet und zwei Tage haben wir hin und her geschrieben. Er war in Kenia. Als ich gefragt habe, was er dort tut, hat er mir nur geschrieben, es geht um Geschäfte. Er ist zurückgekommen und hat mich gefragt, was ich mache. Obwohl ich es nicht müsste, habe ich ihm gesagt, dass ich noch einen Cocktail im Onel trinken gehe und dann nach Hause fahre.

Seitdem habe ich nichts mehr von ihm gehört.

Hatte ich gehofft, er würde auftauchen, als ich ihm schrieb, dass ich im Onel bin? Natürlich. Und als er nicht kam? War ich enttäuscht. Ich hasse diese Unsicherheit. Diese widersprüchlichen Gefühle – ihn wegstoßen und gleichzeitig darauf hoffen, dass er bleibt. Das ist nicht fair, weder ihm noch mir gegenüber, doch dass ich heute als Erstes nachsehe, ob ich eine Nachricht bekommen habe, zeigt, dass ich, obwohl ich es besser weiß, es auch nicht sein lassen kann.

Der Mann im Café in meinem Häuserblock reicht mir meinen Kaffee und ich bedanke mich. Gerade als ich einen Schluck nehmen will, fällt mein Blick auf den Fernseher und ich sehe mehrere schwarze Mercedes-Limousinen, die am Hafen stehen.

Der Reporter steht zwischen ihnen und man sieht, wie mehrere abgedeckte Menschen auf dem Boden liegen. »Heute Nacht kam es hier am Hafen zu einer schweren Schießerei. Mehrere Menschen sind tot, einige schwer verletzt.« Mein Herz rast, ich sehe auf die Autos und ahne Schlimmes. »Aus Ermittlerkreisen heißt es, dass es zu Streitigkeiten bei einem Geschäftsabschluss kam, es soll die Vélez-Familie involviert sein, doch alle Nachfragen der Journalisten wurden …« Ich nehme mein Handy, mein Blick geht über den Boden, auf dem man Blut erkennt.

Mein Herz rast. Cama hat sich nicht mehr gemeldet, vielleicht stimmt das und … sein Handy ist aus. Verdammt. Ohne groß zu überlegen, verlasse ich das Café. Der Becher kippt halb um, heiße Tropfen laufen über meine Hände, doch ich ignoriere sie. Mein Auto steht nur ein paar Meter entfernt, und ehe ich realisiere, was ich tue, sitze ich schon hinter dem Steuer und starte den Motor. Während ich schnell zum Vélez-

Gebiet fahre, versuche ich einen Radiosender zu finden, der darüber berichtet, doch außer dem Hinweis, die Menschen sollen den Hafen heute meiden, höre ich nichts.

Im Grunde weiß ich nicht einmal, ob ich dorthin darf, doch mein rasendes Herz lässt nicht zu, dass ich etwas anderes tue. Ich muss wissen, wie es Cama geht.

Wo normalerweise nur eine Schranke und zwei Männer waren, stehen jetzt mehrere Autos, als hätten sie einfach hier gehalten und Verletzte reingebracht, ich sehe schockiert auf die Blutspuren auf der Straße. Zumindest weiß ich jetzt, dass tatsächlich die Vélez darin involviert waren.

Sobald ich auf das Gebiet zufahre, kommen fünf Männer schwerbewaffnet auf mich zu. Inzwischen bin ich ja die Waffen bei Cama und seinen Männern gewohnt, doch das ist noch einmal etwas ganz anderes. Sie alle haben schwarze Gewehre umgeschnallt. Einer deutet mir, das Fenster herunterzulassen. Sein Gewehr hängt locker vor seiner Brust, aber seine Haltung lässt keinen Zweifel daran, dass er im Ernstfall nicht zögern würde.

»Ist Cama da? Geht es ihm gut?« Meine Stimme zittert, aber ich versuche, ruhig zu bleiben.

»Wer will das wissen?«

»Solana, wir kennen ...« Der Mann hört gar nicht weiter zu. Er entfernt sich vom Auto, holt sein Handy heraus und redet mit jemandem am Handy, dann deutet er mir durchzufahren. »Fahre zum Gemeinschaftshaus.« War das Cama am Handy? Ich kann es nur hoffen, ich fahre weiter und hier bietet sich mir genauso ein Chaos. Überall stehen Autos auf der Straße, teilweise mit noch geöffneten Türen. Ich muss aufpassen, keines zu treffen und obwohl es so aussieht, als wäre hier die Hölle los gewesen, liegt eine gespenstische Stille über dem Gebiet.

Ich fahre zu dem Haus, in dem ich gewesen bin, als ich das erste Mal hier war und genau als ich davor halte, öffnet sich die Tür und Cama kommt heraus. Erleichtert atme ich aus und gehe zu ihm.

Für einen Moment bleibt mir die Luft weg. Er trägt nur eine kurze Shorts, seine Schulter ist dick verbunden, und seine Brust zeigt mehrere frische Wunden. Aber es ist sein Blick, der mich trifft. Müde. Schwer. Doch als er mich sieht, huscht ein schwaches Lächeln über sein Gesicht. »Geht es dir gut?« Meine Stimme bricht. »Ich habe davon gehört und bin sofort hergekommen. Was ist passiert?«

Cama kommt die Stufen zu mir herunter, sein Blick liegt weiter auf mir. Ich deute auf seine Schulter und er reibt sich müde über die Augen. »Es gab Probleme bei einem Geschäft. Die Leute dachten, sie könnten uns … reinlegen. Nennen wir es so. Das ist nichts, nur ein Kratzer.« Seine Worte sind ruhig, aber seine Augen erzählen eine andere Geschichte. Ich sehe auf die anderen Kratzer und zähle eins und eins zusammen. »Bist du angeschossen worden?« Cama steht vor mir und sieht müde zu mir herab. Wahrscheinlich ist er es nicht gewohnt, solche Fragen beantworten zu müssen.

In dem Moment hält ein Auto hinter uns und vor meinem Wagen. Ich habe ihn nicht einmal gehört, so abgelenkt war ich von alldem hier. Es ist Ikal, der mir zuzwinkert, genau wie Cairo, der zwischen mir und seinem Bruder hin und her sieht. Die beiden sehen unverletzt aus. Sie tragen mehrere braune Tüten bei sich, die mit Essen gefüllt zu sein scheinen.

Ikal lacht leise, als er an Cama vorbeigeht, während Cairo seinem Bruder leicht auf die gesunde Schulter klopft. »Dass ich das noch erleben darf.« Mit diesen Worten verschwinden die beiden ins Haus und Camas Blick liegt wieder auf mir.

»Es ist nur ein Streifschuss. Wir haben alle ein wenig abbe-kommen, aber du solltest mal die sehen, die uns reinlegen wollten, dagegen ist das nichts. Ein paar meiner Männer wer-den noch behandelt, wir haben hier eine eigene kleine Klinik eingerichtet im Gemeinschaftshaus für solche Fälle. Geht es dir gut? Du bist blass?«

Cama hebt seine Hand und streicht mir meine Locken nach hinten. Dann nimmt er mich in die Arme. Sein Duft hüllt mich ein und ich schließe meine Augen. Erst jetzt beruhigt sich mein Herzschlag wieder. Einen kleinen Moment schwei-gen wir beide, vielleicht ist es für uns beide ungewohnt zu erkennen, dass all das vielleicht bereits mehr Bedeutung für uns hat, als wir es gedacht haben.

Hinter uns im Haus wird es lauter und ich gehe wieder einen Schritt zurück. »Ob es mir gut geht? Cama, du bist ange-schossen worden.« Nun lacht er leise auf und ich merke, dass er tatsächlich nur müde ist, er scheint nicht sehr besorgt zu sein. »Mach dir keine Sorgen. Das ist alles ... unter Kontrolle. Aber ...« Er zögert. Sein Blick wird weicher. »Ich hätte nicht gedacht, dass du kommst.«

»Natürlich bin ich gekommen.« Meine Stimme ist leiser, als ich diese Worte sage. »Das macht mir Hoffnung. Hoffnung auf ein echtes Date. Deswegen behalte ich die Details lieber für mich.« Ein Schmunzeln schleicht sich auf seine Lippen.

Dieser Mann … ich schüttle leicht den Kopf. Kämpfe mit einem Lächeln. In dem Moment klingelt mein Handy, ich war eh schon zu spät, jetzt wird es langsam riskant. »Ich war in der Nähe … und dachte, ich gucke mal nach, was passiert ist.« Mit einem Schmunzeln um die Lippen erinnere ich ihn an das, was er mir auf der Baustelle gesagt hat.

»Natürlich …« Ich hebe meine Hand und streiche über die Ringe unter seinen Augen. »Du siehst sehr müde aus.« Cama lächelt und dann sehe ich eine Erschöpfung in seinem Gesicht, die er vorher verborgen hat. »Das bin ich, das ist die zweite Nacht, die ich nicht geschlafen habe. Ich warte, bis alle meine Männer verarztet sind und dann gehe ich schlafen. Willst du …?« Er deutet mir nach oben zu seinem Haus, doch genau in dem Moment klingelt mein Handy wieder. Wir beide hören es. »Ehrlich gesagt muss ich seit zwei Stunden auf Arbeit sein. Ich muss los.«

Ich wende mich ab, doch Cama hat nach meiner Hand gegriffen und hält sie in seiner. »Um ehrlich zu sein, war ich schon halb dabei, die Hoffnung auf ein Date aufzugeben, doch das hier macht mir wieder Hoffnung.« Er grinst mich frech an und verzieht gleichzeitig schmerzhaft das Gesicht. Das scheint ihm wehzutun. Ich deute auf seine Wunde und löse meine Hand aus seiner, dabei gehe ich rückwärts zu meinem Auto.

»Das ist übrigens der Grund, wieso ich keine Gangster date.« Er lacht auf. »Aber du bist trotzdem hier.« Dazu kann ich tatsächlich nichts mehr sagen. Ich steige in mein Auto und hebe noch einmal die Hand.

»Schlaf gut, Cama.«

Kapitel 20

Die Kopfschmerzen haben den ganzen Tag nicht nachgelassen. Ich konnte zwar einiges erledigen, musste dann aber nach Hause, um mich ins Bett zu legen. Als ich jetzt durch meinen Wecker geweckt werde, weiß ich auch warum: Mein Hals schmerzt, ich huste, und meine Glieder fühlen sich an, als wäre ich über Nacht sechzig Jahre älter geworden. Ich schaffe es kaum, mein Handy hochzuheben.

Am Mittag hatte ich Cama noch eine Nachricht geschrieben und gefragt, ob er endlich schlafen konnte. Er hat die Nachricht weder gelesen noch beantwortet, was ich so interpretiert habe, dass er geschlafen hat. Nun sehe ich, dass er nachts geantwortet hat. Er schrieb, dass er geschlafen hat und fragte, ob ich wach bin. War ich nicht – und es fühlt sich auch nicht so an, als ob ich es heute noch einmal werde.

Ohne mich richtig aufzusetzen, rufe ich im Büro an. Titus geht ran, und als er meine Stimme hört, sagt er sofort, ich solle im Bett bleiben und mich auskurieren. Mehr schaffe ich nicht. Ich schlafe sofort wieder ein.

Meine Träume sind wirr – sie kreisen um mein Studium, meinen Vater und immer wieder um Cama. Irgendwann werde ich wach, nachdem ich aufgeschreckt bin. In meinem Traum stand ich mit blutigen Händen vor Cama. An mehr erinnere ich mich nicht, aber es ist verrückt, dass ich bereits von ihm träume.

Obwohl ich es nicht will, muss ich aufstehen und ins Bad gehen. Ich mache mich etwas frisch und gehe dann in die Küche. Es ist bereits wieder Abend. Ich trinke zwei Gläser Wasser – mein Hals bringt mich um. Ich weiß, dass ich viel trinken muss, also setze ich Wasser für Tee auf und bereite mir eine Tasse zu. Währenddessen suche ich etwas zu essen und beschließe, mir etwas zu bestellen. Da klingelt mein Handy.

Es ist Cama. Ich bin viel zu müde, aber jetzt sehe ich auch, dass er mich immer wieder angerufen und Nachrichten geschrieben hat. Deswegen nehme ich das Gespräch an.

»Hey ...«

»Alles in Ordnung bei dir? Du hörst dich nicht gut an.«

»Weißt du noch, als du mir gestern – oder war das vorgestern? Ich weiß es nicht mehr – gesagt hast, ich sehe blass aus? Das war dann wohl nicht nur wegen der Schusswunde. Ich bin krank.«

Mein Kreislauf kommt an seine Grenzen und ich lege mich auf mein Bett zurück.

»So hörst du dich auch an. Hast du Fieber?«

Ich schließe die Augen.

»Keine Ahnung, ich habe kein Fieberthermometer.«

»Das ist nicht gut. Ich bin in Venezuela, aber sag mir, was ich für dich tun kann.«

Ich schaffe es nicht mehr, meine Augen zu öffnen.

»Nichts, ich brauche nur Schlaf. Ich schlafe jetzt weiter, ich melde mich später.«

Ich habe nicht mehr die Kraft, auf seine Antwort zu warten und lege auf, nur um in den nächsten wirren Traum zu driften. Mein Zeitgefühl ist völlig weg. Als ich das nächste Mal wach werde, weil mein Handy nicht aufhören will zu klingeln, ist es wieder heller draußen. Oder noch? Ich weiß es nicht, doch ich fühle mich minimal besser.

Cama ruft mich erneut an.

»Hey, ich warte seit sechs Stunden, dass du dich meldest, weil es dir besser geht.«

Ich stöhne leise.

»Sechs Stunden? Das ist nicht dein Ernst. Ich wette, mein Vater dreht gerade durch, weil ich mich nicht melde ...«

Ich höre einige Geräusche bei Cama. Meinem Kopf geht es auch etwas besser.

»Wo bist du?« Seine Stimme ist leiser, als wäre er nicht alleine.

»Ich bin in unserem Jet. Wir fliegen nach Mexiko.«

Ich setze mich auf.

»Du bist doch verletzt.«

Cama lacht leise.

»Ich hatte schon schlimmere Wunden. Es gibt Dinge, die wir gerade nicht aufschieben können. Ich muss auch gleich Schluss machen. Ich wollte nur sicher sein, dass du wach bist.«

In dem Moment klingelt es an der Tür. »Gut, es hat geklappt. Ruh dich weiter aus, Solana.« Beim Aufstehen merke ich, dass ich noch sehr wacklig auf den Beinen bin.

»Wieso wach, ich ...? Okay, ich kann gerade eh nicht klar denken. Hab einen guten Flug.«

Es klingelt wieder, und ich öffne die Tür. Ein Mann steht mit zwei großen braunen Tüten davor, die er mir in die Hand drückt. Dann geht er schnell wieder. Wahrscheinlich verrät mein Anblick, dass er sich bloß nicht anstecken sollte.

Die Tüten in meine Küche zu bringen ist allerdings sehr schwer. Neugierig hole ich nacheinander eine warme Gemüsesuppe, frisch gepressten Orangensaft, lecker duftendes Brot und Nudeln mit einer cremigen Trüffelsauce aus der ersten Tüte. Erst jetzt spüre ich, wie hungrig ich bin. Mit einem Schluck leere ich den Orangensaft – er ist köstlich – und beginne, die Suppe zu essen. Dabei widme ich mich der zweiten Tüte.

Lächelnd lege ich verschiedenes Obst, ein Thermometer, mehrere Medikamente, einen Strauß Blumen und leckere Schokolade auf meine Küchenanrichte. Mein Handy liegt vor mir und ich schreibe Cama:

'Danke … ich weiß gar nicht, was ich dazu sagen soll.'

Es piept nach nur wenigen Sekunden.

'Werd schnell gesund, ich hoffe immer noch auf ein Date.'

Ich muss lachen und nehme die Suppe mit ins Wohnzimmer.

Kein Wunder, dass Cama Vélez mich sogar schon bis in meine Träume verfolgt.

Kapitel 21

Ich brauche fast eine Woche, bis ich wieder komplett fit bin. Zwar kann ich nach drei Tagen schon im Homeoffice arbeiten, aber heute war der erste Tag, den ich im Büro verbracht habe.

Als Erstes habe ich mein Büro von den mittlerweile nicht mehr ganz so frischen Rosen befreien müssen. Dann bin ich mit Titus zur Kirche gefahren und habe anschließend mit ihm beim gemeinsamen Mittagessen die Pläne für das neue Vélez-Grundstück besprochen. Er findet sie gut und ich habe sie direkt an Salvo gemailt. Dann bin ich ins Büro gefahren und habe die Dinge erledigt, die ich nur vom Büro aus schaffen kann.

Es ist Freitag. Carina und Pablo wollen mich noch überreden, mit ihnen ins Onel zu fahren und ins Wochenende zu starten, doch ich lehne ab, verabschiede mich und fahre in meine Wohnung. Dort angekommen dusche ich, schminke mich ab, packe mir eine kleine Tasche und fahre aufs Land, und es fühlt sich genau richtig an.

Die Zeit, die ich hatte, als ich krank zu Hause lag, habe ich dafür genutzt, mir auch wieder ein wenig Gedanken darüber zu machen, wo ich gerade stehe und wo ich hin möchte. Es ist wichtig, sich das alles von Zeit zu Zeit mal wieder vor Augen zu führen. Mit dieser Arbeit und den vielen Terminen, den beeindruckenden Kreisen, in denen man sich nun teilweise bewegt, ist es wichtig, nicht zu vergessen, was wirklich wichtig ist.

Ich lag da in meiner teuren Wohnung, mit meinen Kostümen im Schrank und habe kaum Luft bekommen. Und das lag nicht nur an meiner Krankheit. Mein Vater und Marisol wollten mich jeden Tag besuchen kommen, doch das ging nicht. Ich wollte niemanden anstecken, und außer dass mein Vater mir jedes Mal, wenn er auf dem Markt war, frisches Obst hingestellt hat, konnte er nicht viel tun.

Doch ich habe gespürt, dass ich mir mehr Zeit dafür nehmen muss, was mir wichtig ist. Ich habe viel mit meinen Freunden geschrieben, die ich nicht aus den Augen verlieren will, und sobald ich die Stadt hinter mir gelassen habe und an einem wunderschön mit Korn bepflanzten Feld halte, steige ich aus und atme durch.

Das darf ich nicht verlieren, diesem Teil von mir muss ich unbedingt wieder einen größeren Platz in meinem Leben geben. Die letzten Wochen waren sehr stressig und alles war neu, doch mir ist besonders das in den letzten Tagen klar geworden.

Mit meinem Handy mache ich ein Foto von dieser traumhaften Aussicht und lade sie auf meinen Account hoch. Atmen. Genau das schreibe ich dazu. Mehr gibt es dazu nicht zu sagen.

Ein paar Minuten nehme ich mir noch, dann fahre ich in Richtung unserer kleinen Stadt.

Gerade als ich von der Schnellstraße abbiege, klingelt mein Handy und ich sehe den Namen, der mir als Einziges noch wie ein großes Fragezeichen in meinen Gedanken hängt.

Cama Vélez.

Was soll ich wegen ihm machen? Nachdem er mich mit Suppe und Vitaminen versorgt hat, haben wir zwei Tage nur sporadisch geschrieben, da ich einfach fast die ganze Zeit geschlafen habe. Dann war ich so heiser, dass ich kaum sprechen konnte, und er hatte in Mexiko, wie es scheint, einiges um die Ohren, sodass der Kontakt wieder schleppend wurde.

Am liebsten würde ich in seinen Kopf sehen. Geht es ihm ähnlich wie mir? Er hat Interesse an mir, das zeigt er ganz offen und auch ich muss ständig an ihn denken. Wenn er sich meldet, frage ich mich, wieso er das tut und ob es nicht besser wäre, dass er es einfach sein lässt und sich unsere Wege endgültig trennen, doch schon nach ein paar Stunden, wenn ich nichts von ihm höre, sehe ich immer wieder aufs Handy.

Ich weiß nicht, was ich will. Wäre Cama ein normaler Mitarbeiter in meinem Büro, hätte ich diesem Date und dem, was dann folgen kann, ohne zu zögern zugestimmt. Ich mag ihn, ich fühle mich zu ihm hingezogen und würde normalerweise nicht drüber nachdenken, solch einen Mann in mein Leben zu lassen, doch er ist halt einfach kein normaler Mann.

Er ist Cama Vélez.

Ich weiß noch viel zu wenig über sein Leben, doch das, was ich weiß, lässt mich immer wieder auf Abstand gehen, auch wenn ich es eigentlich nicht möchte. Doch trotzdem genieße ich unseren Kontakt bereits so sehr, dass ich ihn auch nicht ganz abbrechen kann.

In fast allem habe ich klare Ziele und Gedanken, in fast allem, außer was Cama betrifft.

Deswegen gehe ich auch erst nach dreimaligem Klingeln dran und atme vorher tief durch, als er mit seiner rauen Stimme auf meinem Lautsprecher im Auto zu hören ist.

»Ich habe gehört, dir geht es mittlerweile besser.«

Es ist laut bei ihm.

»Das tut es. Danke noch einmal für die …. Dinge, die du mir hast schicken lassen. Die Suppe war meine Rettung. Bist du noch in Mexiko?« Als ich laute Musik höre, ahne ich, dass er nicht mehr da ist.

224

»Nein, ich bin im Onel. Wir sind heute Mittag zurückgekommen. Ich hatte gehofft, dich zu sehen.« Ein Lächeln schleicht sich auf meine Lippen, auch ich würde ihn gerne wiedersehen. Ich muss ständig an seine dunklen Augen denken und wie sie jedes Mal mein Gesicht mustern.

»Ich bin auf dem Weg aufs Land zu meinem Vater. Morgen sollen diese Verbrecher, die sich für euch ausgeben, in die Stadt kommen. Ich werde sie endlich zur Rede stellen können.«

Cama seufzt leise auf. »Das solltest du nicht tun, Solana. Du weißt nicht, wer die sind, das kann gefährlich sein.« Ich ignoriere die Dringlichkeit in seiner Stimme. »Mit dir habe ich mich auch angelegt und ich denke nicht, dass sie … höher als du stehen, oder irre ich mich da?«

Ein Bauer bringt gerade seine Schafe über die Straße zu einem mit grünem Gras übersäten Hügel. Ich halte und lasse sie passieren. Der alte Mann hebt dankbar die Hand.

»Ich war von Anfang an neugierig, wer du bist, das hat es für dich einfacher gemacht, doch nicht jeder wird diese Geduld mit dir haben. Lass es sein, Solana. Bring dich nicht unnötig in Gefahr.« Automatisch muss ich an unsere ersten Treffen im Onel und bei ihm auf dieser merkwürdigen Party denken. Die Sorge in seiner Stimme lässt mich entspannt meinen Kopf zurücklehnen.

»Als ich krank war, habe ich alles in meinem Leben durchdacht. Das mache ich öfter. Ich bleibe an dem Punkt, wo ich mich gerade im Leben befinde, stehen und denke darüber nach, ob ich alles so tue und da bin, wo ich sein will. Ob alles so läuft, wie ich es mir vorgestellt habe.«

Cama lacht leise auf. Es wird immer lauter um ihn herum und doch liegt seine Konzentration ganz auf mir. »Und bist du zufrieden?« Die letzten Schafe hüpfen über die Straße.

»Absolut, ich möchte mich ein wenig mehr auf dem Land aufhalten, weil ich spüre, wie gut mir das tut, aber ich bin da, wo ich sein sollte, nur ...«

Ich stocke, ich muss einfach ganz ehrlich sein.

»Nur mit dir weiß ich nicht, was ich tun soll. Mein Verstand sagt mir, dass ich keinen Gangster daten soll und einen weiten Bogen um dich machen soll, und doch ...«

Wieder überlege ich, wie ehrlich ich sein kann, ohne mich ganz zu öffnen und verwundbar zu machen.

»Und doch ...?«, fragt Cama mit dunkler Stimme nach. Bisher habe ich immer schnell abgeblockt und mich noch nicht einmal darauf eingelassen, darüber zu sprechen.

»Und doch genieße ich deine Nähe, und wenn du dich nicht meldest, sehe ich ständig nach, ob ich einen Anruf verpasst habe. Wir kennen uns kaum und schon jetzt denke ich viel zu oft an dich. Ich weiß nicht, ob ich es wagen sollte, dich näher an mich heranzulassen, oder ob ich das Ganze einfach beenden soll, bevor es noch schwerer wird.«

Okay, damit ist es raus. Bisher hat er gezeigt, dass er Interesse hat. Ich habe ihn abgeblockt und es irgendwann ein wenig zugelassen, doch jetzt muss ich mir eingestehen, wie schwer mir das zunehmend fällt.

»Tu das nicht, Solana. Auch ich weiß nicht, ob es das Richtige ist, dir mehr von meiner Welt zu zeigen, weil ich weiß, dass dir das Angst machen wird, doch ich weiß auch, dass ich es tun muss, wenn ich will, dass es … endlich mal zu einem Date kommt. Nicht einmal das kann man so einfach bei dir erreichen.« In seiner Stimme schwingt ein Schmunzeln mit, auch wenn er sich vorwurfsvoll anhört.

Bevor ich antworten kann, wird es noch lauter bei ihm. »Einer meiner Männer hat Geburtstag, sie bringen gerade Kuchen ...« Die Schafe sind vorbei und ich fahre weiter und in meine kleine Stadt ein.

»Das ist schön, ich bin gerade angekommen. Genieß den Abend, Cama.« Er atmet laut durch. Gerade habe ich mich ihm geöffnet und schon schließe ich die Tür schnell wieder, doch ich kann nicht anders.

»Pass auf dich auf, Solana.«

Ich beende das Gespräch und spüre dieses Kribbeln in meinem Bauch. Ich weiß nicht, wie lange Cama noch diese Ungewissheit in meinem Leben sein wird.

Als ich in unsere Einfahrt fahre, legt sich automatisch ein Lächeln auf meine Lippen.

Marisol sitzt mit meinem Vater vor unserem Haus auf der gemütlichen Bank. Die Sonne geht gerade unter. Vor ihnen auf dem Tisch liegen Sonnenblumenkerne, aufgeschnittenes Obst, Brot und drei Gläser Wein.

Sobald ich ausgestiegen bin, kommt Snow zu mir gerannt. Der kleine Kerl ist kräftig gewachsen und begleitet mich zu den beiden. Ich gebe Marisol und dann meinem Vater einen Kuss auf die Wange und setze mich in ihre Mitte.

»Da bist du ja, ich hatte bereits überlegt, zu dir in die Stadt zu kommen und mal wieder eine Nacht in diesem heißen Club zu verbringen.«

Ich schnappe mir eine Handvoll Sonnenblumenkerne und lehne meinen Kopf an die Schulter meines Vaters, der mich auf die Stirn küsst.

»Glaub mir, wir sind genau dort, wo wir sein sollten.«

Kapitel 22

Am nächsten Morgen schlafe ich erst einmal aus. Als ich dann zu meinem Vater nach draußen frühstücken gehe, hat er bereits einiges auf dem Hof erledigt. Eigentlich war geplant, dass ich ihm helfe, doch mein Körper braucht noch etwas Ruhe und mein Vater hat nicht im Traum daran gedacht, mich zu wecken.

Es ist so befreiend, hier auf dem Land zu sein.

Ich bin völlig ungeschminkt, barfuß und trage nur ein leichtes Sommerkleid. Es gibt kein besseres Gefühl, als die warme Sonne des Vormittages meine Nase küsst und ich die leckeren selbstangebauten Dinge unseres Hofes genieße, während Snow auf meinem Schoß liegt und zufrieden vor sich hin brummt.

Mein Vater erzählt mir, dass er gleich zu seinem Freund auf den Hof geht. Sie müssen neue Bezüge für die Marktstände kaufen fahren. Er ermahnt mich, mich zurückzuhalten, falls diese Männer früher kommen. Ich habe mich vor ihm sehr zurückgehalten. Er muss nicht wissen, dass ich ihnen nicht im Traum das Geld geben werde, er zeigt mir, wo das Geld liegt, was sie bekommen und sagt, dass sie meistens erst am späten Nachmittag auftauchen und er sich dann darum kümmern wird.

Das werde ich nicht zulassen. Ich bin bereit.

Mein Vater bleibt weiter auf der Bank vor dem Haus, während ich das Geschirr hineinbringe und direkt abspüle. Gerade als ich damit fertig bin, höre ich den Klang eines Motors und die Stimme meines Vaters. »Sind sie heute schon so früh?«

Ich greife nach dem Geschirrtuch, trockne mir hastig die Hände ab und eile zur Haustür. Im Eingangsbereich halte ich abrupt inne und mein Herz schlägt schneller, als ich einen schwarzen Mercedes sehe. Cama steigt aus.

Was macht er hier?

Unsere Blicke treffen sich sofort. Er ist allein gekommen, trägt eine dunkelblaue Jeans und ein schlichtes weißes Shirt. Auch jetzt erkenne ich darunter noch den Verband. Er sieht einfach umwerfend aus. Doch wie zur Hölle weiß er, wo ich wohne?

»Das sind nicht die Männer, die sich als das Vélez Cartel ausgeben«, murmle ich leise vor mich hin. »Das ist Cama. Er ist der tatsächliche Anführer des Cartels.« Mein Vater hat jedes Wort verstanden. »Ist das der, mit dem du dich angelegt hast?«

Ich lege das Handtuch auf die Bank und beobachte, wie Cama auf uns zukommt. »Ich habe mich nicht mit ihm angelegt ... ich ... ich weiß selbst nicht, was ...« Wie soll mein Vater je verstehen, was zwischen Cama und mir vorgeht, wenn ich es selbst nicht begreife?

Cama lächelt, sein Blick gleitet langsam an mir herab. Mein leichtes Kleid endet knapp über meinen Oberschenkeln und fällt locker um meine Figur.

»Cama, woher weißt du, wo du mich findest?«, frage ich schließlich. Ich will es wirklich wissen.

»Von Titus«, antwortet er ruhig. »Ich hatte kein gutes Gefühl bei dem Gedanken, dass du hier bist, wenn diese Männer auftauchen. Also dachte ich, ich komme her und sehe mir an, wer behauptet, ich zu sein.« Als Cama bei uns ankommt, steht mein Vater auf und reicht ihm die Hand. »Papa, das ist Cama. Cama, mein Vater.« Cama lächelt freundlich, deutet meinem Vater respektvoll, sich wieder zu setzen, während unser Hund Snow aufgeregt an ihm hochspringt. Cama bückt sich, nimmt Snow auf den Arm und streichelt ihn sanft.

»Es ist mir eine Ehre, den Mann kennenzulernen, der eine so selbstbewusste Tochter großgezogen hat«, sagt er. Mein Vater lacht und deutet Cama an, sich ebenfalls zu setzen, was dieser auch tut. »Oh ja, das habe ich! Ich habe schon gehört, dass meine Prinzessin es Ihnen nicht leicht macht. Aber Solana sollte das mit diesen Männern wirklich sein lassen. Es ist viel zu gefährlich, und das Risiko ist es nicht wert. Dennoch schätze ich es sehr, dass Sie den Weg auf sich genommen haben, um uns zu helfen.«

Cama wirft mir einen kurzen Blick zu und lächelt. Mein Vater scheint noch nicht zu begreifen, wer genau vor ihm sitzt.

»Sie brauchen sich keine Sorgen zu machen«, erwidert Cama ruhig. »Wenn ich es geschafft habe, Ihre Tochter zu überleben, dann kann mich nichts mehr aus der Ruhe bringen.«

Beide lachen, und ich schüttle nur den Kopf.

Er ist hier.

Er ist wirklich gekommen, um uns zu helfen. Das bringt mein Gedankenkarussell endgültig ins Schleudern.

»Oh ja, sie kann ziemlich stur sein«, sagt mein Vater mit einem Augenzwinkern. Cama sieht mir direkt in die Augen, und das vertraute Kribbeln in meinem Bauch kehrt mit voller Wucht zurück. Ich schlucke schwer. »Das kann sie«, stimmt Cama zu, ohne den Blick von mir abzuwenden.

Mein Vater scheint Cama sofort zu mögen. »Einmal, da war sie noch ganz klein und hat den Sommer hier verbracht. Wir haben ihr alle gesagt, dass man bei Eseln aufpassen muss und dass ...«

Damit hatte ich wirklich nicht gerechnet. Mein Blick wandert zu meinem Vater, der sich offenbar prächtig amüsiert, während Cama, der es sich neben ihm bequem gemacht hat, interessiert zuhört. Sein Blick schweift dabei über die weiten Felder vor unserem Haus. Ausgerechnet jetzt beginnt mein Vater, meine peinlichsten Erlebnisse zum Besten zu geben.

»Dann hole ich euch mal etwas zu trinken, während ihr weiter über meine Sturheit plaudert«, sage ich mit einem Lächeln und gehe zurück ins Haus.

In der Küche presse ich die gestern geernteten Zitronen, mische Wasser und etwas Zucker dazu und gebe Blätter aus frischer Minze hinein. Die ganze Zeit höre ich durch die offene Tür, wie mein Vater weiterhin Geschichten über mich erzählt.

Er ist ein stolzer Mann und ein noch stolzerer Vater. Irgendwann kommt auch sein Freund vorbei, um ihn abzuholen, und die beiden reden nun gemeinsam auf Cama ein. Ich bezweifle, dass Cama wusste, worauf er sich eingelassen hat, als er hierherkam.

Mit einem wissenden Lächeln auf den Lippen trage ich die Gläser mit Limonade nach draußen, schenke jedem ein und setze mich neben Cama. Der Freund meines Vaters erzählt gerade begeistert von ihren Marktständen, während Cama erklärt, dass er dafür gesorgt hat, dass das Obst meines Vaters einmal wöchentlich gekauft wird, weil es einfach das beste sei.

Irgendwann verabschieden sich die beiden. Mein Vater wirkt zufrieden, und obwohl er es nie zugeben würde, bin ich mir sicher, dass auch Cama erleichtert ist. Als mein Vater plötzlich sein Portemonnaie sucht, gehe ich ins Haus, um ihm zu helfen. Es ist ein weiteres Projekt, das angegangen werden muss: Mein Vater braucht eine Brille, auch wenn er es nicht wahrhaben will. In letzter Zeit fällt mir immer häufiger auf, dass er Dinge verlegt.

Ich finde das Portemonnaie schließlich auf der Anrichte in der Küche, wo er es hingelegt hatte, um mir das Geld für die Männer zu geben. Als ich es ihm reiche, hält er meine Hand fest und sieht mir direkt in die Augen.

»Cama ist ein netter Mann, und er scheint dich sehr zu mögen. So wie ich es herausgehört habe, machst du es ihm nicht leicht.« Sein Blick ist neugierig auf mich gerichtet. »Er will ein Date mit mir«, antworte ich zögerlich. »Und ich weiß nicht, ob ich das ... Ich mag ihn auch sehr, aber es ist kompliziert.«

Verwundert zieht mein Vater die Augenbrauen hoch. »Ein Date? Er kommt hierher und du überlegst, ob ihr mal zusammen essen geht?« Ich muss lachen. »Nein, es geht nicht um Essen. Ich könnte heute Abend mit ihm essen gehen, aber das Date steht symbolisch für etwas anderes. Es bedeutet, dass wir beide uns darauf einlassen, das Leben des anderen kennenzulernen – mit allem, was dazugehört. Und bei Cama gibt es einfach viele Facetten in seinem Leben, und ich weiß nicht, ob ich damit umgehen kann.«

Mein Vater sieht mich ernst an. Bevor er etwas sagen kann, komme ich ihm zuvor. »Ich weiß, dass Cama ein netter Mann ist. Aber er ist eben nicht nur das, und genau das macht mir Sorgen.«

Er drückt meine Hand, dann gibt er mir einen Kuss auf die Wange. »Es ist nie falsch, vorsichtig zu sein. Ich weiß, wer

Cama noch ist, aber das, was ich gerade sehe, ist ein Mann, der überall auf der Welt sein könnte – und doch ist er hier. Er ist hier bei uns auf dem Land, um uns zu helfen. Ich bin kein Mensch, der weit herumgekommen ist oder viel Bildung genossen hat. Aber für mich zählt das: Wenn jemand, der überall sein könnte, seine Zeit mit dir verbringt, dann hat das Bedeutung.«

Seine Worte bringen mich zum Lächeln. Ich gebe ihm ebenfalls einen Kuss auf die Wange. »Du bist weiser als die meisten Menschen, die ich kenne. Viel Spaß beim Einkaufen.«

Mein Vater streicht mir zum Abschied über den Rücken und verlässt das Haus. Ich höre, wie er und sein Freund sich von Cama verabschieden. Kurz darauf tritt Cama ins Haus und kommt zu mir.

Ich lehne mich gegen die Küchenanrichte und sehe Cama direkt in die Augen. »Ich hoffe, du verstehst das nicht falsch, dass ich jetzt hier bin. Ich habe mir wirklich Sorgen gemacht, dass du mit diesen Männern ...«

Er kommt auf mich zu, und unwillkürlich muss ich daran denken, wie ich ihn zum ersten Mal gesehen habe: kalt, distanziert, beschäftigt mit zwei Frauen im Pool – ein Mann, der alles hatte, was er sich wahrscheinlich wünschen konnte. Und jetzt? Nur ein paar Wochen später steht er hier vor mir. In unserer schlichten Küche, irgendwo auf dem Land.

Mein Vater hat vollkommen recht. Er könnte überall sein, aber er ist hier.

»Ich verstehe das nicht falsch«, entgegne ich ruhig. »Bist du hier, um mich zu retten oder um mich für dich zu gewinnen?« Cama lächelt und legt seine Hände an meine Hüften. Ganz automatisch gleiten meine Arme um seine Schultern.

»Ich weiß nicht, ob ich eines von beiden muss.«

Camas Lippen finden meine, und seine Hand wandert von meiner Hüfte zu meiner Wange, während er den Kuss vertieft.

Ich habe es vermisst.

So sehr.

Ihn wieder zu spüren, seine Wärme, seinen Duft – all das, wonach ich mich in den letzten Tagen gesehnt habe. Auch wenn mein Verstand immer noch unsicher und gespalten ist, scheint mein Inneres längst zu wissen, was es will.

Sein Kuss ist tief und doch sanft, voller Hingabe. Als er sich schließlich von mir löst, legt er seine Stirn an meine. Seine Hand gleitet zurück zu meiner Hüfte, streicht hinunter zu meinem Oberschenkel und fährt sanft darüber.

»Es ist egal, wie du dich entscheidest, Solana«, sagt er leise, seine Stimme rauer, auch ihm scheint diese Nähe mehr zu bedeuten. »Ich werde nicht zulassen, dass du dich in Gefahr begibst.«

Ich lasse meine Lippen über seine Wange gleiten, während ich flüstere: »Du könntest überall sein, und trotzdem bist du hier bei mir. Auf dem Land, in dieser einfachen Küche. Ich bin ungeschminkt und barfuß, und ...«

236

Seine Hand legt sich wieder an meine Wange, seine Augen fangen meinen Blick ein. »Ich habe dich noch nie schöner gesehen«, flüstert er, und seine Stimme schickt ein Kribbeln durch meinen ganzen Körper. »Und falls du es vergessen hast: Ich habe dich um ein Date gebeten. Ich will alles an dir sehen, Solana. Versteck dich nicht vor mir. Nichts von dir!«

Seine Worte und der Klang seiner Stimme verstärken das Kribbeln in meinem Bauch. Diesmal bin ich es, die ihn küsst, meine Lippen erobern seine. Seine Hände streichen über meine Brüste und ich seufze in den Kuss hinein, was ihn ermutigt, mein Kleid höher zu schieben. Seine Finger gleiten über meinen Oberschenkel bis zu meinem Slip. Ein leiser Seufzer entweicht mir, als seine Finger den zarten Stoff berühren und ihn beiseiteschieben.

Doch bevor der Moment weitergehen kann, reißt uns eine laute Stimme aus unserer Blase. »Solana! Eure Hennen laufen auf der Straße herum! Vielleicht solltet ihr beim nächsten Mal das Gitter richtig schließen!«

Marisols Rufen hallt von draußen zu uns, lässt uns schnell auseinanderfahren und nach Luft ringen. Ich kann nicht anders und lege leise lachend meine Stirn an seine.

Kapitel 23

»Vielleicht solltest du das Gitter das nächste Mal selbst kontrollieren«, murmelt Marisol, während ich das Tor fest verschließe. Eine Stunde hat es gedauert, bis wir alle Hühner wieder eingefangen hatten, eine nervenaufreibende Aufgabe, die wir nur dank Marisols Hilfe bewältigen konnten.

Während wir uns über die Felder jagten, hat Marisol sich Cama geschnappt und ihn auf charmante, aber hartnäckige Weise ausgefragt. Doch mehr als dass er mich einfach besser kennenlernen möchte, konnte sie ihm nicht entlocken.

Es war trotzdem lustig.

Wir haben viel gelacht, und das Einfangen der Hühner wurde fast zu einem kleinen Spektakel. Als wir schließlich das letzte Huhn im Stall hatten, seufzte ich erleichtert und schloss das Gatter diesmal besonders sorgfältig.

Nun wende ich mich zu meiner besten Freundin um. »Mein Vater braucht dringend eine Brille«, erkläre ich und wische mir die Hände an meinem Kleid ab. »Ich wette, er hat gar nicht bemerkt, dass der Riegel nicht richtig zu war.«

Marisol wirft einen Blick auf ihr Handy und zieht eine Grimasse. »Mist, ich muss rüber. Heute kommen zwei Interessenten, um sich die Hunde anzusehen.« Sie schaut zu Cama, der ein paar Schritte entfernt steht und in sein Handy spricht.

»Er ist nett«, flüstert sie leise und deutet auf ihn. »Ich hätte das echt nicht gedacht, aber ich mag ihn. Und weißt du was? Er gibt sich richtig Mühe, dein Herz zu gewinnen. Das machen heutzutage nicht mehr viele Männer.«

Ich folge ihrem Blick zu Cama und sehe, wie ernsthaft er in sein Gespräch vertieft ist.

»Komm später vorbei und erzähl mir, wie es gelaufen ist«, fügt Marisol mit einem Augenzwinkern hinzu. »Und lass kein schmutziges Detail aus!«

Sie hebt die Hand in Camas Richtung zum Abschied, bevor sie zu ihrem Hof eilt. Cama beendet sein Gespräch und steckt das Handy weg, während er zu mir kommt. »Ist etwas passiert?«

»Außer dass ich frechen Hühnern hinterhergejagt bin? Nein.« Ich lächle, doch mein Blick bleibt auf ihm liegen. Er räuspert sich: »Meine Männer bereiten die Jets vor. Sobald ich hier fertig bin, fliegen wir nach Kolumbien.« Dabei hebt er die Hand, um mir eine Strähne aus dem Gesicht zu streichen.

»Du warst doch gerade erst in Mexiko. Kommst du eigentlich jemals zur Ruhe?« Wir laufen zusammen zu den Feldern.

»Nicht wirklich«, gibt er zu, während wir zusammen durch die Beete schlendern. Cama bewundert das Gemüse und die Blumen, die hinter dem Haus wachsen.

»Du musst nicht hier sein«, sage ich schließlich. »Ich werde das schon ...« Cama lässt es mich nicht einmal aussprechen. »Meine Männer warten, bis ich hier fertig bin. Ich werde dich das nicht allein machen lassen. Auch wenn ich mir sicher bin und aus eigener Erfahrung weiß, dass du dich gut durchsetzen kannst.«

Er würde sich niemals umstimmen lassen.

»Na gut«, sage ich schließlich. »Aber dann lass mich wenigstens etwas kochen. Alles, was wir brauchen, finden wir hier.«

Zusammen sammeln wir Gemüse und Obst. Ich zeige ihm unsere Obstbäume und erkläre ihm, woher die Früchte kommen, die er mittlerweile so sehr liebt.

Im Haus beginne ich, das Gemüse zu waschen und in eine Ofenform zu schneiden. Währenddessen führt Cama zwei Telefonate. Mit halbem Ohr höre ich, wie er Anweisungen gibt, was alles in die Jets geladen werden soll. Ich muss an die großen Lager denken und atme durch. So beruhigend und gut es sich anfühlt, mit Cama hier zu sein, seiner rauen Stimme zuzuhören und seine Anwesenheit zu spüren, so befremdlich ist das, worüber er spricht.

Als er schließlich auflegt und in die Küche kommt, küsst er mich sanft auf die Schulter. Draußen hört man Motoren. Gemeinsam schauen wir durch das Küchenfenster und sehen, wie drei Wagen vorfahren.

Mein Herz schlägt schneller.

Die Autos sind silbern, teuer, aber nicht ganz so auffällig wie Camas Wagen. Eines fährt weiter, doch die anderen beiden halten direkt vor unserem Grundstück.

»Also sind sie doch früher da«, murmle ich nervös und spüre, wie mein Herz immer schneller schlägt.

Ich versteife mich, obwohl Camas Lippen einen beruhigenden Kuss auf meine Schulter drücken. Vor unseren Augen steigen vier Männer aus den Autos und betreten unser Grundstück. Ihre Blicke wandern zu Camas Wagen in der Einfahrt, jeder von ihnen hält eine Waffe in der Hand. Sie sehen gefährlich aus – nicht wie die Vélez, doch immer noch gefährlich. Heute würde ich den Unterschied zwischen ihnen erkennen.

»Was für ein Schmuckstück hast du denn hier vor der Tür stehen, Dominico. Ich denke, wir müssen noch einmal über deine Abgaben sprechen«, sagt einer der Männer laut und spöttisch.

Ich wende mich zu Cama um und sehe ihn panisch an.

»Es sind zu viele, und sie haben Waffen. Hast du ... hast du genau heute keine Waffe dabei?« Mein Blick wandert nervös zu seinem Hosenbund, ich habe noch nicht einmal darauf geachtet, doch er bleibt völlig entspannt.

»Ich brauche keine Waffe«, murmelt er. »Ich kenne diese Idioten nur zu gut. Es ist gut, dass du nicht allein mit ihnen warst. Ich will, dass sie es aus ihrem eigenen Mund zugeben, bevor sie alles abstreiten. Geh raus, aber bleib in der Nähe vom Haus.«

Er sieht mich ernst an, und obwohl mein Herz viel zu schnell schlägt, tue ich, was er sagt.

Mein Mut wankt.

Die Männer sind gefährlicher, als ich es erwartet hatte. Ich trete hinaus und spüre, dass Cama im Flur bleibt. Auch wenn ich ihn nicht sehen kann, spüre ich ihn hinter mir.

»Sieh an, sieh an«, beginnt einer der Männer mit einem zynischen Lächeln. »Du musst die Tochter sein. Was für eine Schönheit. Ist das dein Auto, du Hübsche?«

Ich bemühe mich, ruhig zu bleiben. »Wer seid ihr, und was wollt ihr?« Der Mann lacht laut und kommt auf mich zu, während seine Begleiter sich weiter Camas Wagen ansehen.

»Wir sind ... Freunde deines Vaters, nennen wir es so. Er schuldet uns Geld. Falls er dir das nicht gesagt hat, finden wir sicher einen Weg, wie du auch so dafür aufkommen kannst. Ist dein Vater da?«

Ich spüre, wie die Wut in mir aufsteigt. Ich weiß, dass ich mich zurückhalten sollte, aber ich kann nicht anders.

»Die Freunde meines Vaters?«

Ich gehe ein paar Schritte weiter, obwohl ich Cama leise fluchen höre.

»Mein Vater würde sich niemals mit Abschaum wie euch abgeben! Und ihr nennt das Schulden? Armen Bauern das Geld aus der Tasche zu ziehen, ihre Arbeit und ihre Angst auszunutzen? Solche Männer seid ihr?«

Der Mann wird schneller und ist fast bei mir. Er hebt seine Waffe und sein Blick wird düster. »Du wirst gleich sehen, was für ein Mann ich bin, während ich ...«

Er verstummt abrupt.

Ich muss mich nicht umdrehen, um zu wissen, dass Cama nun herausgetreten ist. Der Mann bleibt stehen, seine Haut wird blass.

»Während du was, Gussmann? Während du was ...?« Camas Stimme ist leise, aber eiskalt. »Ich hätte mir denken können, dass nur du und deine Männer für solch einen Unsinn verantwortlich seid. Wenn du nicht sofort die Waffe senkst und sie noch ein einziges Mal auch nur ansiehst, ist das das Letzte, was du jemals tun wirst.«

Ich kann mich nicht daran erinnern, dass es jemals so still war wie in diesem Moment.

Selbst die Vögel scheinen einzuhalten.

Ich spüre Camas Hand auf meinem Rücken. »Geh ins Haus, Solana«, sagt er ruhig, aber bestimmt.

Ich bleibe einen Moment wie angewurzelt stehen. Am liebsten würde ich bleiben und diesen Mann zur Rede stellen, doch ich weiß, dass ich Cama vertrauen muss. Das hier ist seine Welt, und so schwer es mir fällt, ich gehe zurück ins Haus. Drinnen lehne ich mich an die Wand und versuche, wieder Luft zu holen.

Mir war gar nicht bewusst, dass ich den Atem angehalten habe.

Tränen steigen mir in die Augen, während ich daran denke, wie lange mein Vater wohl mit diesem Abschaum zu kämpfen hatte. Ich lausche angespannt den Stimmen draußen. Schließlich höre ich, wie sie sich entfernen.

Neugierig gehe ich zum Küchenfenster und sehe hinaus. Die Männer und Cama sind verschwunden. Die Autos stehen jedoch noch da. Ein unruhiges Gefühl breitet sich in mir aus, und ich laufe in der Küche auf und ab.

Ich hätte nicht ins Haus gehen sollen.

Natürlich, Cama ist mächtig, aber auch er hat seine Grenzen. Oh Gott, er hätte gar nicht herkommen sollen, ich habe das völlig unterschätzt. Ich hätte niemanden dieses Risiko eingehen lassen sollen.

Ich nehme mein Handy, will zur Tür und raus ihn suchen und stoppe dann.

Er hat gesagt, ich soll im Haus bleiben. Was ist wenn …? Ich drehe durch. Gerade als ich das zweite Mal aus dem Haus gehen will, höre ich Motoren. Ich renne zurück zum Fenster und sehe, wie die Männer in ihren Autos davonfahren.

Alle drei Wagen sind wieder voll besetzt.

Cama kommt über die Wiese auf mich zu, ein Bündel Geld in der Hand. Ich reiße die Tür auf, laufe zu ihm und umarme ihn, bevor er etwas sagen kann.

Er lacht leise.

»Hast du dir etwa Sorgen gemacht?«, fragt er schmunzelnd. »Das musst du nicht, Solana. Du wirst noch lernen, dass ich immer alles im Griff habe. Hier, das Geld ist für deinen Vater. Von ihnen. Sie werden nie wiederkommen – sie wissen, was ihnen sonst droht.«

Ich antworte nicht, sondern bleibe einfach in seinen Armen. Ich atme seinen Duft tief ein und weiß endgültig, dass es keinen Sinn macht, dagegen anzukämpfen, dass sich etwas zwischen uns entwickelt.

Dafür ist es längst zu spät.

Cama hält mich fest, bis sein Handy klingelt.

»Ich muss los, gatita. Meine Männer werden ungeduldig. Aber sobald ich zurück bin ...« Ich unterbreche ihn. »Ich möchte mit dir ausgehen.«

Cama hebt überrascht die Augenbrauen, bevor ein Lächeln über sein Gesicht huscht. »Das ... ist gut. Andere Frauen hätten sofort ja gesagt, aber für dich muss ich erst eine Stadt retten, bevor du mit mir auf ein Date gehst. Das verspricht interessant zu werden.«

Wir beide lachen. Ich sehe ihn an und sage ernst: »Du weißt, was das bedeutet, Cama Vélez?« Keine Frauen mehr.

Keine Geheimnisse. Wenn wir uns kennenlernen, dann richtig.«

Er wird ernst und küsst mich auf die Lippen. »Das wird ein Date, das du niemals vergessen wirst. Sobald ich zurück bin, werde ich dich in meine Welt einführen, und du wirst es nicht bereuen.«

Er küsst mich noch einmal, gibt mir das Geld und steigt dann in sein Auto.

Ich sehe ihm nach, bis sein Wagen außer Sichtweite ist, und atme tief durch.

Ich hoffe es. Ich hoffe es wirklich.

Lesen Sie weiter in ...

CAMA

Band 2

one more Date

»Zeig es mir noch einmal.« Carina greift nach meinem Arm und betrachtet das Armband mit leuchtenden Augen. »Es ist wunderschön. Ich weiß nicht, was mehr strahlt – du oder dieses Schmuckstück.«

Lächelnd ziehe ich meinen Arm zurück. »Es war einfach wunderschön. Das ... ich kann das alles gerade noch gar nicht richtig einordnen. Es fühlt sich an, als hätte ich eine Tür geöffnet, und jetzt werde ich von allem, was sich dahinter verborgen hat, überwältigt – im positiven Sinn.«

Carina legt ihr Gesicht verliebt auf ihre Hände und seufzt dramatisch. »Oh, das muss schön sein. Dieser Glanz in deinen Augen. So muss sich Liebe anfühlen.«

Bevor ich etwas erwidern kann, kommt Pablo zu uns, legt den Arm um mich und grinst. »Wenn sie jemanden liebt, dann hoffentlich nur mich, unsere süße Solana. Und ich hoffe außerdem, dass ihr meine kleine Party im Onel heute Abend nicht vergessen habt.«

Titus klopft gegen die gläserne Tür seines Büros und deutet Carina, zu ihm zu kommen. Sie rollt mit den Augen, erhebt sich aber.

»Natürlich haben wir sie nicht vergessen. Und ich weiß nicht, ob man schon von ...«

»Solana ...?«

Eine Stimme unterbricht uns, und wir drehen uns gleichzeitig um. Niemand von uns hat bemerkt, dass eine Frau unser Büro betreten hat. Mein Blick bleibt an ihr hängen.

Lange, perfekt gestylte blonde Haare, Beine, die in einem engen roten Kleid bis zum Himmel zu reichen scheinen, und passender, knallroter Lippenstift. Dazu trägt sie mörderisch hohe High Heels, die sie um mindestens einen Kopf größer machen als mich.

»Ja, das bin ich.« Ich richte mich etwas auf. »Miss Solis? Wie schön, Sie bei uns begrüßen zu dürfen. Kommen Sie doch gleich mit in mein Büro.«

Normalerweise landen solche Anfragen bei Titus, der sie dann an uns verteilt. Doch Miss Solis hatte Anfang der Woche im Büro angerufen und darauf bestanden, direkt mit mir einen Termin zu vereinbaren. Seit unser Projekt immer wieder im Fernsehen gezeigt wird, fällt auch öfter mein Name. Überraschend ist das also nicht, aber ich habe mich trotzdem über diese Anfrage gefreut.

Die Frau mustert mich von oben bis unten, lächelt dann kühl und sagt nur: »Wie ... niedlich.«

Ich unterdrücke das ungute Gefühl in meinem Bauch und werfe Carina einen schnellen Blick zu, die sich auf den Weg zu Titus macht und nur mit den Schultern zuckt. Ich führe Miss Solis in mein Büro, bitte sie, Platz zu nehmen, und stelle Getränke bereit, bevor ich mich ihr gegenüber setze und ein professionelles Lächeln aufsetze.

»Es freut mich wirklich sehr, dass Sie den Weg zu uns gefunden haben. Wie kann ich Ihnen helfen? Was für ein Projekt schwebt Ihnen vor?«

Miss Solis beugt sich leicht vor. Hier im Büro unter dem Licht erkennt man, dass einiges an ihrem Gesicht gemacht wurde. Trotzdem kann man nicht leugnen, dass sie eine wunderschöne Frau ist.

»Dafür bin ich nicht hier, Solana.«

Ihre Stimme ist kühl und überheblich, ihr Blick gleitet erneut über mich.

»Ich möchte mit dir über Cama sprechen.«

Entdecken Sie die atemberaubende Welt von Jaliah J. ...

Auf seine Lippen legt sich ein sinnliches Lächeln. »Wenn es dir dann leichter
fällt hiermit umzugehen, kannst du mich gerne dafür hassen!« Elisa Genova
ist die Verlobte des Anführers der Scaranos, der führenden Mafiafamilie
Italiens. Sie hat sich ihr Schicksal nicht ausgesucht, doch gelernt, damit zu
leben. Als sie und einige andere Frauen der Scaranos den Rebellen in die
Hände fallen, findet sie sich in einem Strudel aus Rache und Leidenschaft
wieder, der sie zu verschlingen droht und sie zwingt, sich ihren Ängsten zu
stellen.

Gefangen zwischen der Stille des Klosters und den Schatten der Mafia ahnt Avalyn nicht, dass alles, was sie über ihr früheres Leben weiß, auf einer Lüge basiert. Als kleines Mädchen von einem der gefährlichsten Mafia-Anführer in Puerto Rico gefunden und nach Italien gebracht, wuchs sie hinter den schützenden Mauern eines Klosters auf. Doch mit jedem Jahr wächst in ihr der Drang nach Freiheit, ohne zu wissen, dass ihre Vergangenheit tiefer in die Abgründe der Mafia verstrickt ist, als sie es je für möglich gehalten hätte. Erst als Leano ins Kloster kommt, um sie zu seinem Onkel zu bringen, verändert sich alles. Avalyn erlebt zum ersten Mal, wie süß das Leben sein kann, nur um kurz darauf zu erfahren, wie bitter die Wahrheit über ihre Zukunft und auch ihre Vergangenheit tatsächlich ist. Der Auftakt der fesselnden und aufregenden neuen Mafia-Buchreihe von Jaliah J.

Willkommen in der fantastischen Welt von Jaliah J.

Entdecke viele weiter Bücher, tolle Merchandise Produkte und viel mehr...

 @JALIAHJ

 @JALIAHJOFFICIAL

 @JALIAHJ_OFFICIAL

 JALIAHJ.DE/SHOP

WWW.JALIAHJ.DE